KB212215

❶ 1957년 《삼천리》 사에서 발행된 시집 『무지개』의 첫 면에 실린 32세의 공중인 시인. 시인 김광섭은 한 서평에서 공중인 시인의 첫 시집 『무지개』를 '의미 있는 출현'이라 규정짓고, '시편 하나하나에 나타난 분방한 정열'을 예찬했다.

❷ 6·25 때 서울이 함락되었는데도 중앙방송국(KBS)에서 애국시를 낭독하다가 북한군에 체포되어 백두산까지 끌려 갔다 탈출하기도 했다. 1953년 6월 6일, 피난지 부산에서 최금선崔金善 여사와 결혼식을 올렸다.

❸ 1955년 시인과 아내 최금선 여사.

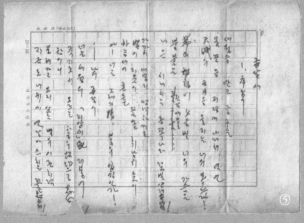

❹ 공중인 시인은 1946년 월남하여 김윤성·정한모·전광용 등과 '시탑' 동인으로 시를 발표하며 시단에 등단했다. 1957년에 간행된 공중인 시인의 첫번째 시집 『무지개』의 표지.

❺ 공중인 시인의 육필 원고.

공중인 시인은 《신세기》 편집기자를 비롯해서 《희망》, 《현대여성》, 《여
성계》 등의 편집장을 역임하였고, 《자유신문》, 《삼천리》 등의 주간을 지
내기도 하였다. 또한 《중앙일보》에 장편 서사시를 연재하기도 하였고,
육군사관학교 교가를 작사했다. ❻❼은 이 무렵의 공중인 시인. ❽은 고
궁에서 아내, 친지와 함께.

묘비명墓碑銘

지금은 슬퍼 목놓아 사라질망정 별의 이름처럼

'미美'와 '진眞'은 영원히 내 '사랑의 메아리'!

연연 우짖어 쓰러지는 종달이처럼

여기 기념記念하여 어머니인 님 곁에

경건히 '노래의 정精'은 잠들다

나의 꿈은 새벽 노을에 뒹구는 쪽빛 바다

내 노래의 무덤은 하늘의 무지개!

이 시는 1957년 발간된 시집 『무지개』의 첫 페이지에 실린 것으로, 벽제에 있는 고인 묘소의 묘비에 새겨져 있다.

공중인 시전집

무지개

문학세계사

| 차례 |

1. 오월제五月祭

2. 산호집珊瑚集

3. 장시長詩 무지개

4. 불국사

5. 비창悲愴

6. 백조의 노래

7. 기념비

8. 설야雪夜의 장章

【해설】

【일러두기】

1. 이 책의 맞춤법 표기는 한자 표기를 한글과 함께 병기하였고, 당시 편집자의 실수로 인해 누락된 글자나 오자는 바로잡았다. 그 밖의 표기는 시집이 발간된 1957년 표기 그대로 살려 두었다. 띄어쓰기는 현대 한국어 맞춤법에 따랐다.

2. 공중인 시인의 시전집 『무지개』에 포함되지 않은 시 중 미발표 육필시 「나의 노래는……」과 시인의 대표작이라 할 수 있는 「나무」(《자유문학, 1957. 11》) 등 5편의 시를 이 책의 8장에 함께 묶었다.

3. 공중인 시인의 시 작품에 대한 공시적이자 통시적인 시문학사적인 이해와 판단을 돕고자 문학평론가 이재복 교수의 작품 평설을 권말에 수록하였다.

1
오월제五月祭

초상肖像

넘친 적도 다한 적도 없는
그런 빛깔이 밀어密語처럼 솟아옵니다.

꽃들이 저렇게 꿈의 골짝을 건너
이윽고 새벽 노을이 피어옵니다.

향긋한 젖빛 내음, 공간을 으르대어
항시 그늘진 머언 사라沙羅 잎에 떠돕니다.

고요조차 찰싹이는 무늬 속에
아련한 웃음, 조심스레 바람이 입니다.

비처럼 쏟아지는 별밤이 가까워져서
보이지 않는 불 속에 푸른 서정을 태우며

슬프나 기쁘나 눈이 자주 가는 그 모습에
나만을 위한 님의 마음이 살고 있습니다.

오월서곡序曲

푸름일레라, 만가락 구슬 지어
노고지리 우짖어 듣滴는 여름일레라

우거진 청산 무르녹아
굽이쳐 흔드는 부활의 빛보래!

넌, 노을진 젖가슴 구름을 오르내려
난, 바람 따라 새의 가슴, 하늘 내쳐 가리

바다 은잔디는 울렁이는 우리 밀어密語의 곡曲,
시내치며 마구 젓고 지쳐 돌아가랴!

만유萬有는 절로러라, 절로이매 그 흐름에
마음 적서 흘러갈진저 ── 별의 구점句點!

푸름일레라, 길이 우짖어
기쁘다 노고지리 피리 속에 왔누나
해의 아씨! 여름일레라

오월제祭

이는 내 노래의 동결된 모음母音의 난타亂打!
가슴 지녀 오랜 구원久遠의 창벽蒼壁!
제신諸神의 노래 넘치는 빛의 향연일레라

일찍이 만유의 계관桂冠처럼 아득하였을,
무지개 피워 올린 오월의 하늘처럼
그리운 사람 내 곁에 내려왔음인가

뭇새 나래쳐 적시는 윤무輪舞, 하늘 우람히
계절의 제전祭典은 세월이 보낸 낭만의 조국!
내 영원의 사랑 더불어
끝없는 노래의 불을 여기 충천沖天함이로다.

바야흐로 너와 나, 그 뜨거운
해를 녹여 첩첩한 포도빛 축배에
늬 여신女神의 이슬진 가슴에 귀의歸依함에
맞닿을 원시의 불빛이로다.

가자! 이리로 목숨이 뒹구는
오롯한 제우스의 무늬진 새벽을 감돌아

우리 절대의 혼좌婚座에 위치하자.

저렇게 화정花精들이 저마다 죽기로써 피는 세월의 요람이
예와 다름이 없나니,
머물기 어려운 꿈들이 굽이쳐 오랜
만유의 흐름에 내 제멋에 겨워
내음 청청히 물결치는 오월의 화하花河에 흐를레라.

끝끝내 흔들 수 없는 영원의 거리距離여!
우짖어 쓰러지는 종달이처럼 나는 가리니,
내 노래의 불길이 항시 타오르던
그 밀어密語의 통로로, 스쳐질 바람의 시름을
이제는 결코 두려워하지 않으런도다.

일찍이 무지개 피워 올린
늬 오월의 깊푸른 제전祭典에 내 목을 놓아
마지막 사랑의 노래를 흔들도다.

해당화

서로 못 잊어 꿈 속에 그리면
동해 이른 새벽에 노저어 가리

아늑한 나의 님은
명사십리에 해당화

사무쳐 오랜 노래마다 아니 잊고
돌아와 님 곁에 울릴지니
바다 가물져도 한결같이 피옵소서

떠나는 뱃머리 정녕 서러워
말없이 피던 그 꽃이 지면
동해 저녁노을에 이 몸 죽어 가리

바다

1
구름다리 바람에 아쉬운
억천億千의 가슴!
바다야
새벽 노을로 뒹굴고 오라

오색빛 만갈래 채색하고
바다야, 바다야,
별과 더불어
나는 무너지는 하늘이 되리라

2
바다,
수정빛 아름 움켜서
꽃피는 순간을 휘어잡고!

물결에서 물결로 어릿어릿 빛을 놓아
흘러라, 흘러라……

바람마다 너를 부여잡고

노래의 기념記念이 예와 다름없는 너의 가슴,
하늘 떠받고 능라綾羅의 제전祭典의 불처럼 서라!

머얼리 낸들, 낸들, 해연海燕의 푸른 꿈을
저마다 휘젓고 흔들지니
바다,
너를 구르며 종일토록 울리리라

모란꽃

지금은 귀촉새 피를 구을러
하늘 나래쳐 쓰러졌을 그 새벽에 피는가,
모란이여

황하黃河 영원히 흐러지도록 눈물져
몸부림치던 한조漢朝 왕비의 젖가슴인가
이름 높은 명화名花, 여기 피어 바람 이는 덕수궁
이 몸 천년 서시西施의 옛가락을 더듬게 하노라

아득한 날의 푸름이 예와 흡사히
그 오월을 불러 보랏빛인 나의 님이여
뭇새 하늘 금이 가도록 울리는 심혼을 부여잡고
내 목메어 적시는 애련愛戀의 마음 한량없노라

그대의 피인 그늘, 바람 은근히 내음 우리며 흔드니,
끝내 예절을 잃고 구름 잡아 그리는
절세絶世의 화려한 님 자춰! 내 노래의 붉火은
순간의 찬란한 현훈眩暈에 가슴 태워 하염없어라

불붙는 아세아, 언제면 염원의 그날을 피어 주리니

너를 사랑하며, 열렬히 네 마음속에 흩어져
차라리 이슬의
한 방울이 되어도 나는 좋아라
모란이여, 모란이여

종달이

1. 서장序章
세월을 안고 궁그는
뭇꿈을 저렇게 나래쳐, 연연
천부天賦의 오월을 울리는 너의 목늘임!

만산萬山 첩첩, 노을빛 너의 가슴은
불붙는 진달래 꽃
내음 시내치는 동쪽 나라 젖빛 안개 속에서!

가까이 머얼리 망막하게도
별이 지듯이, 꽃잎 휘날리듯이
하늘대어 흔드는
아 ─ 너는 노래의 정精, 불의 입김인가!

⋯⋯나의 종달이.
너는 세월의 피앙세와 더불어
죽기로써 오르는 하늘의 고향으로 지향함이니,
묻혀 가고 오지 않는 별의 이름처럼
지금도 내 귀에 연달아 스치는 꽃바람 소리!

하늘의 나직한 뜻을 받들어
끝끝내 쓰러질 피 겨운 우짖음,
영원을 영원히 부를 수 없어
늬 노래의 무덤, 구름에 의지하였음인가
목숨의 울음이여,
……노래의 피보라여!

2. 푸른 혼가婚歌
옛날의 변함없는 저 푸름, 저 거리距離, 저 서정抒情!
오월 종달이 목놓아 젖빛 구름 띄우자
청맥靑麥은 아득한 날, 피에 젖은 너의 고향
나래 미어지게 노래의 불을 적시며
정녕 바람처럼 찬란히 너와 쓰러져 가리라

재빠르게도 순간이 열어 준 유현幽玄의 길을 향하여
이제야말로 새벽을 뒹구는 천성天性의 바다처럼
나의 생애는 재현하고, 비약하고, 융합하리니

저리도 머언 하늘 아래, 그 언제나
진주의 가슴 그윽히 달려올 나의 아씨어

내 심혈을 기울인 너에의 오랜 밀어는
상록의 정精들이 신화를 더듬는 여름의 계관桂冠!
이는 너에게 바치울 단 하나의 나의 보람,
꿈 속에 찬연한 '시인의 무지개'였어라

이 무한의 자세 앞에서 경건히 신종信從하는 나의 아
씨여
종달이 빛 속에 쏟는 푸른 혼가婚歌를 우리 가슴에
너와 나의 인생의 희열, 길이 울리게 하라
내 영원한 목숨의 노래 다발, 그 연연한 빛의 향연을!
──── 구원久遠의 여인이여

해동海東 4장四章

1. 동천홍東天紅

애인아, 새벽 노을로 뛰어 나와
보랏빛 웃음 짓고 오라

우리가 하늘 달리며 채색한 뭇꿈이 열리듯이
애인아, 보랏빛 웃음 짓고 오라

오색 구름 나래 위에 바다는 울렁이는 너의 젖가슴,
새벽의 그윽한 종鐘 속에, 바람처럼 재빨리 너는 오너라

……지금은 동천홍東天紅
그리고 너는 나의 새벽 노을이다

2. 파고다

젖빛 흐르듯 추야秋夜 독경讀經은 하늘에 닿으오.
만가락 시내치는 우리 성좌, 우리 종소리

이는 목련을 따며 노래에 쓰러진
머언 누님의 하이얀 입김일레라
밤마다 푸른 바람은,

나의 사랑 〈월화月華〉의
구슬 짓는 머언 염불 소리!
파고다.

흐르다 동결된 수정水精들의 유곡幽曲이여
순시에 휘어올린 상아象牙의 꿈, 정열의 화석이여
가슴에 으르대어 천의天衣처럼 어리이더라

3. 애무愛撫
봄날의 은銀시내, 버들 연연
달무리 님 곁에 부서지는 녹사綠詞
이 한밤 그저 구수하게 한 쌍의 비둘기처럼 사이 좋
아서
도리어 슬퍼졌습니다

4. 무지개
비 개인 아득한 신시神市의 한나절,
빛이 연연 감돌아 듣滴는 오색 꿈.
동방의 나의 진주는 하늘의 무지개!
서글프게도 찬란한 뉘우침을 어쩔 수 없어

영영 떠나려는 어느 노래의 여신女神이

눈물로 채색한 영원한 이수離愁의 불빛인가, ······너는!

덕수궁

때가 오면 수련은 동쪽 나라 오월 진주의 꿈을 피리라
이조李朝 왕궁 흘러 오랜 '중화中和'의 가슴은 푸른 잔
디 위,
나의 고독은 그 찬란한 무지개의 슬픔을 바람에 탁하며
석어당昔御堂 뜨락에 환락과 애상哀傷의 하염없는 명
멸을 빗긴다

불 속에 사라진 '석조石造', 비창한 꿈의 산실은 저 곳에!
오늘 슬픈 처녀의 역사는 만첩의 무덤에 덮여 있다.
'광명'을 목메어 녹슨 기백년幾百年, 이젠 울 수 없는
종鐘을 앞에
시인詩人은 만고의 녹수綠樹와 그 행행倖倖을 반기며
다시 만날 리 없는 왕녀王女의 옥적玉笛을
바람결 금사錦紗자락에 듣는다

제비 하늘에 영롱한 조국의 여름을 나래치는 날,
희열은 다시 너를 눈물 지으며 이 날의
시구詩句를 맺으리라
청靑 천天 장壯 단丹 덕德 수壽 궁宮.

비록 조상이 자손과 산하 건지기 위해 서리 맞은 오
천년

우리 그를 이어 이 순시瞬時를 감히 '사대事大'할 리야
있으랴!

뜨거운 눈시울 별을 흔들며 정녕 삼천리

가문 땅을 비겨 옥좌에 감는다

몇 번인가 한 진리는 세월 따라 낡고 변할망정

그대 유원悠遠한 청자 빛 속의 미美는 찬연함이니

그 미美함이 비록 폭군과 전화戰禍에 휩쓸지라도

노래는 주저없이 영영 만유의 흐름에 소리하리라

언제면 죽음이 부를 한 칸 사랑방에 살망정

내 옛 조정에 임금의 임금처럼,

초연히 가야의 금琴소리 바람에 더듬어 명화만발名花
滿發 곁에

마음 가벼이 일배주작一杯酒酌하여 천지 덕수德壽함을
내세에 그리며

내 스스로 화하花下에 저녁노을 부르리라

수련

노래는 만당滿堂의 바람에 놓아,
이백李白이 저렇게 마음한 최후의 달빛처럼
화하花下, 주작酒酌의 꿈은 오래여라

이날, 너의 아득히 이어 이슬진
동방의 순결을 지니고, 석가釋迦의 애인 삼아
내, 너를 오수午睡의 곡조曲調에 흔들메라

꿈많은 이조李朝 영화의 음조音調는 미칠듯이
나의羅衣 바람에 휘어 접어,
너는 공주의 가슴 흡사히 6월의 정精인가!
바야흐로 아악雅樂 요요히 지수池水에 무늬 지어
연연戀戀 저녁 여영餘映에 저무는 그 심금心琴을 나는
듣노라

몇 번인가 너를 반겨 마음 바친 젊음이랴,
지친 나비 나래 위, 노을이 가시는 덕수德壽 고궁古宮.
이맘 애틋이 적시는 수록水綠의 무늬, 세월을 잊고
소요 한나절 심원心願에 구을린
한 가닥 구절, 청아淸雅에 허허롭다

월月 하下 수水 련蓮 중中 화和 렴廉.

피고 지는 목숨 궁녀 은근히 너를 닮고

주작朱雀 전아典雅한 난간에 기대어 젖은 자락!

풀 수 없는 시름 마구 목놓아 쓰러진 규창閨窓마다

별은 몰래 깃들어 새벽에 눈물져 갔음인가

청청무한靑靑無限, 저리도 따스히 한 포기 님 자취!

순결은 빛을 얽어, 위치한 천년의 고요,

너의 밀어는 들리듯 인간무상에

남의 애만 끊게 하는가!

네 스스로 희열을 피는 마음자리에

나의 노래는 무르 취醉해 승화昇華하며, 너로 말미암아

또 하나 다른 무지개를 그리노라

2

산호집珊瑚集

오후의 서정시

오후. 피앙세와 소곤거리는 가을 국화의 언덕,
잔디는 밀어密語처럼 바람에 나불대여 하염없어라
이는 가슴 지쳐 저무는 느린 종鐘 속에
마구 젖어 푸름 듣滴는 수정水精의 여운일레라

'노진露振'! 헤픈 정염情炎은 우짖는 뭇새 나래 위에
가벼운 구름보다 그저 안기우듯 오너라
우리가 남긴 비올롱의 마지막 가락처럼
물빛이 움키는 순시의 바램,
정녕 죽어질 이 한 푸름이 그립지 않는가

'노진露振'! 꿈 속의 우의羽衣 미어지듯 너는 뛰어오누나!
서슴없이 바람을 놓아 재빨리 달려가자
금빛진 너와의 화관花冠, 꿈이 짙은 가을 기도 속에
힘의 나래는 보다 높이 성좌 위에 있게 하리라

이제야말로 만유萬有의 흐름 두려움 없이
찰싹 뎅굴 무렵은 푸른 길 스스로 열려 있으려니
'노진露振'! 불길이 이끄는 심지의 흐느끼는 빛깔
고요마저 그를 음향치며 죽어가도다

'노진露振'! 친절한 세월, 우거진 꿈을 알리우듯
만가락 화심花心의 여울, 떨리는 나의 입술에
바람 은근히 귀 기울여 재빨리 일어나리라
　　그 길로 가자! 마치 없었던 것처럼……

기억마저 다시는 일러줄 리 없는
아득한 옛 고요를 감도는 진홍의 서정시!
'노진露振'! 나의 노래 속에 영영 스며질진저

단 하나의 가벼운 벗새의 그림자마냥
소리없이 아물거리며 쓰러져 가는
머언 여울의 쉬임 없는 조음潮音 소리 그칠 새 없이
흔듦 적 없는── 있는 그대로의
무한의 공간으로, '노진露振'! 승화하자

회상回想

하늘 머얼리 새의 가슴처럼 지향하다가
어린 날개 상처 지녀 돌아오다
세월이야 있고 없고
열향처럼 구름을 타던 우리 동산은
에대로 만발한 저곳인가 싶으니!

내 몸, 눕혀 주던 푸른 잔디
네 맘, 묻어 주던 진달래꽃.
버들피리 비끼는 강 너머
서로 메아리 지어 울리는 종소리
사랑은 아낌없이 흩어지는 꽃잎에
너와 나는 불의 입맞춤.
나비의 무늬 같은 밀어들, 지금 어디메뇨

우리 언약은 남산에 아로새겨
해마다 푸르른 은행나무.
그지없는 회상의 비[雨]에 서로가 젖으며
저무는 시내에 따라 흐르고
이대로 체념할 수 없는 인생의 피안
가는 봄은 혼례식의 산화散華처럼 마구 지는데

너를 불러 더듬는 노래도 덧없이
영영히 가버린 꽃 정精인가,
……머언 사람이여!

춘우서정 春雨抒情

망막하게도 대지는
계절의 애무愛撫에 피곤하여 지쳤노라
비여, 내리자!

얼마나 믿어온 완성의 푸른 꿈이기에
헐벗은 고목마다 첩첩이 목이 메여
열망한 진통에 찾았나 보다
풍성을 기원하는 이들의 경건한 가슴에
신의 음성을 담아
비여, 내리자

회상과 미래, 굽이 감도는 머언 음악처럼
나직하게, 희미하게, 봄날 애인의 입김처럼
비여, 내려서 봄빛 짙게 하자

망막하게도 대지는
눈물의 염원에 피곤하여 지쳤노라
비록 우리의 목숨이 순간을 꽃피어
흐름 위에 하염없이 쓰러질지라도
이들의 보랏빛 영위營爲에서

마침내 대지에 돌아가도록
우리들의 찬가 울리자

영원히 꽃보다 가벼운 목숨,
시인의 가슴에서 터지는 신神의 조언助言처럼
풍부히, 가림없이, 만상萬像의 기대 위에
비여, 은보래 줄기마다
새벽으로 푸르게 채색하자

밀어초密語抄

1

그 흑단黑檀의 꽃구름이 구중九重한 님의 머리는
나비들이 채색한 상하常夏의 과수원!
바다의 아늑한 젖빛 내음을 보내 주십시오

봄날 단비에 퍼득이는 노래의 나래들이
언제나 귀에 찰싹일 님의 입술에
뭇별이 잔을 붓는 진줏빛 밤이 열리도록
포근히 웃음 지어, 저무는 공원으로
인도하여 주십시오

호사스런 꿈들의 고향인 그 눈매에
변함없이 사랑의 청아로운 가락을 날리며,
님 따라갈 영원의 향수를 적셔 주십시오

그 언제면 이룩할 소원들이
님의 모습을 그려 호흡하는 날,
낮밤이 으르대는 상아해안象牙海岸을 굽이치며
철바람 오래인 별밤을 우러러 죽어갈,
님의 화하花河 곁에 푸른 무덤을 세워 주십시오

2
이 수목들의 고요, 견딜 수 없어 몸부림치도록
계절마다 채색한 오랜 님의 사연을
내 가슴에 무늬 지어 주십시오

어둠마다 바래온 기약에 지쳐 버리도록
별들이 바람 시켜 휩쓸기 전에
마지막 타다 남은 노래의 붉(火)을
님과 나의 푸른 기념 삼아 비쳐 주십시오
머언 하늘의 푸름이
가을날, 능금에 익혀 두었던
그 이슬 젖은 새벽으로 겹겹이 나의 노래를
아름 담아선, 다시 바람에 놓아 주십시오

끝내 하늘 땅, 서로 맞대어 노을 지는 양
천년 미더운 그런 소원을 입맞추며
무지개처럼 찬란한 '밀어의 곡'이 되도록
그 한 정서를 언제까지나 내 가슴에 피워 주십시오

3

오후.

과수원은 머언 전설처럼

가을날, 낙조에 무르익어 갑니다

'야훼'의 입김처럼 샘솟는 분수에

당신에의 포근한 나의 시첩詩帖들이 무늬 지어선

발레리나의 마지막 백조의 꿈을

승화할 무렵입니다

지금은 친절한 계절.

우리의 이 날을 기념 삼아

바람에 하늘거리는 잎새마다에 예절을 갖추어

금잔디, 달무리에 휘어젖으며

끝없는 영원에의 여백을 채웁시다

별들의 아늑한 향연은 저곳에……!

시내처 흐르는 밀어들의 달음박질.

하늘 넘치는 별빛 속에 아벨의 사연처럼

님 곁에서 아주 눈을 감겠습니다

열애熱愛의 장章

바다 살결의 지친 내음 훈훈히,
여름내, 몰래 나를 그려 저무는 너의 머리 위에
기적처럼 나의 입술은 떨리며 수평 노을진
그 아득한 낙조를 꿈꾼다

영원히 젊을 수 없는 슬픈 사연을 피는 하화夏花 옆에서
두 별이 되는 찬란한 순시瞬時를 위치하고, 재빨리
나의 어휘들은 비약하여선
너의 눈매의 구원久遠한 고요로 귀의歸依한다

동방으로 빛이 창을 여는 단 한 칸의 사랑방!
나의 화상華想은 어쩔 수 없는 육체와 더불어
끝내 열을 못 이겨, 우리는 융합한다
시내치는 성좌의 하늘처럼
한량없는 희열에 너와 나는 압도된다

이 모두 늬 있음이니, 열애熱愛의 가슴은
과수원의 열매마냥 무르익어 가고
사랑에 지친 젊은 아내 곁에
글라디올러스는 아련한 꿈으로 피어 있다

비

　가물진 산하, 애절히 울리는 조종吊鐘에 부고訃告 휘날리듯

　그를 휘여 적시는 억천億千의 빗줄기,

　오─ 곤비困憊와 비분悲憤 굽이쳐 흔드는 우수의 소나타!

　사선 너머 난타하는 비창悲愴의 최후 북소리처럼,

　멈출 수 없는 애금哀琴, 님 부르는 낙화落花의 여정餘情처럼,

　땅을 부딪쳐 그지없는 만상萬象의 흐느낌이여

　오막살이 바람 마시는 바보 살림에

　누나는 영영 지수池水에 몸은 갔어라

　회상의 비, 이는 빛의 눈물의 이름인가

　오─ 곤비와 비분 굽이쳐 흔드는 우수의 소나타!

　비와 비, 패연沛然한 그 소리, 청산은 녹수綠水에 지쳐 젖고

　나의 노래는 바다에 쏟아지는 한 줄기 수적水滴의 정精!

　여름날, 한국에 비는 내려, 내려 퍼붓는도다

이는 하늘의 처절한 호곡소린가
천사 자욱마다 흩어지듯 비는 퍼부어,
내려 퍼부어, 만상萬象 이슬 맺혀 젖누나
오── 곤비와 비분 굽이쳐 흔드는 우수의 소나타!

마리아상像

마리아! 노을진 새벽
요한의 입김을 울려 가는 종소리에
이 젊은 노래 바람같이 놓아 주옵소서

누억만 년 아무도 깃들 수 없는
그 동결된 하이얀 합장 속에
이 푸른 심원心願을 하늘 달리게 하여 주옵소서

저렇게 눈물겨워 은보래 치는
별[星]들의 그윽한 빛을 시내치면서
마리아! 그 흔들 수 없는 구원의 자세.

사랑의 밤이 열려, 그늘지도록
자꾸만 기다려지는 머언 '달례禮'에게
끝없는 여백을 보내 주옵소서

이리도 멀미나는 속세에 지향志向을 멈추어
노래의 길 잃은 가락들이 바람따라 다시
주主의 계절, 그 새벽에 세례받을 믿음 속에서

마리아! 정녕 오뇌와 비운悲運을 못 이겨
흐려지는 마음의 비겁에
주저없는 예견豫見과 안정을 주옵소서

끝내 기념될 노래의 묘비墓碑야 있고 없고,
오랜 상처, 이 무너진 마음을 더듬어
영원히 주에게 돌아가게 하옵소서

춘향무곡 春香舞曲

밤마다 얽어 뒹구는 꿈 속에
너는 모란처럼 피어 오라

이슬진 청자빛 울렁이는 나의 가슴
은하를 시내쳐 천년 구슬 짓도록
목메어 부르는 꿈속의 처녀여
차라리 날도록 맺어 주려마!
그윽한 곡조 사뿐 녹아지게
단장丹裝은 수정빛으로
생긋 웃으며, 수줍은 듯이, 두려운 듯이!

살포시 휘어, 다시 접어선, 훗내려.
살틋한 옷매 나를 감돌아
이윽고 혼좌婚座의 촛불처럼 지자

광한루 그네 위에 마주 서서
유주청하流州淸霞, 무릉도원武陵桃園을 아로짓고
춘향아 너와의 새벽으로 오르내리자

이리도 사무쳐 마음 바친 푸른 바램은

끝내 신성한 희열을 적시나니
정녕 나래쳐 길이 잊고 지쳐 돌아가렴!

밤마다 얽어 뒹구는 꿈 속에
너는 모란처럼 피어 오라

난취 爛醉

지금은 이대로 죽음만을 열망하는 애무 속에서 ──
만첩의 꽃구름은 불붙는 우리들 청춘의 조국
연연戀戀 너와의 밀어는 달무리 부서지는 동해 은銀잔디
나의 아씨여, 이 순간을 위하여
별처럼 가야 할 사랑의 기旗폭을 날리자.
마침내 어쩔 수 없는 희열이 스스로 열어,
사무쳐 안기울 세월의 향연!
나래 지친 아수라阿修羅처럼
궁글며, 미치며, 쓰러질 이 애욕의 피안으로……
어서 오라, 나의 '노진露振', 영원의 아씨여
너로 말미암아 무늬 짓는 상화想華의 가슴 도도히,
수밀도水蜜桃의 꿈이 무르녹는 너의 침실로
바다에 쏟아지는 한 방울 빗줄기처럼
열렬히 나는 달려가리라

코스모스

외쳐 부르던 슬픈 사연이
가을날, 저렇게 꽃이 되어
멧새 설움에 겨워 갈가리 쓰러졌음인가

영원히 눈물 젖은 강 너머로
천추千秋를 피고 지며 님의 길을
서운한 표標로 언제나 기다렸음인가

그 연보랏빛이 지는 가슴은 막혀
향긋한 내음, 피를 섞어
바람에 탁하여 나를 부르는 게 아니랴!

코스모스여,
애절한 기슴 이슬을 거두어
내게 의지하여 하늘 떠받고 피라!

눈물어린 이름을 남기고저
목을 태우며 물 위에 적시던
이리도 애끓는 나의 노래는
영영 네게 묻혀, 고이 피어 울리리라

끝내 푸름이 흩어져, 재가 될지라도
'은주銀珠'! 우리 죽음을 나눌
사랑하는 꽃이여, 사랑하는 꽃이여

화하花河의 곡

마침내 절창絶唱은 단장斷腸코 영영 목을 늘어
허허롭게 저무는도다, 만고의 등빛이어
노래이는 불멸의 화염이어

흐름은 스스로의 선율을 못 이겨 서로 앞서 흐를레라
꽃마다 방불한 맵시 물 위에 서러선 떨어, 떨어지리라
녹수綠水와 청산 서로 안기우듯 제멋에 겨워선
만유萬有 흐름 하리니, 어서 스스로 흘러가자
정염情炎의 은銀 삿대 너를 호흡하여 노를 젓자

  쪽빛진 상아해안象牙海岸 그 쉬임없는 유구悠久의 찰
싹임,
  이는 적록滴綠의 가슴 고고孤高에 나직이 울리는 유원
幽遠의 음률!
  그를 담아 그대는 오는가, 너의 팔은 나의 수평선일지니
  여기, 하늘은 능라綾羅에 휘젓는 별의 향연을 짓고
  가까이 바람이는 천의天衣의 윤무輪舞, 너와의 밤을 열
도다

  이제야말로 목숨이 궁그는 절대의 침실로 가자,

만천滿天의 성좌, 주主는 은혜하여 축배로 부어 주리니
영롱한 우리 꿈 나래 접어 천부의 흐름 속에
오래 마음하여 무늬진 우아優雅의 단일로 귀명歸命하자

노래는 미치듯 첩첩하노라 도로 지쳐 숨이 닿노라, 그
대여
새벽이 오기 전에 도취된 꿈의 지향 멈출 수 있으랴
이대로 가자, 불이 이끄는 그 길로 영세永世의 첫꿈을
채색하여 두자! 정녕 너와의 노래 빛을 놓아
그 시내치는 화하花河, 다시 이어지리니
노래 있었노라, 우리 숨을 죽여 난취爛醉한 깊은 꿈이니
새벽은 수평 그윽한 바다 위에, 내 울렁이는
애련愛戀의 가슴은 백열白熱의 여영餘映 위에, 몇 번이나
그를 입맞춰 쓰러지는 성좌는 뭇새 나래 위에,
노래 있었노라 처음서 끝까지 다만 노래 있었을 뿐!

거기 우거진 화하花河, 시내치는 밀어의 정精처럼 그
대는 있어
바야흐로 만상萬象 귀 기울여 절로 이슬 맺혀선

만가락 구을리는 애상哀傷의 구슬 짓는 서정!

감히 멈출 수 있으랴 이대로 마구 젖어 흐를레라

마치 흐름이 스스로의 선율에 못 이겨 서로 앞서듯이,

꽃마다 방불한 맵시 물 위에 서려선 마구 떨어지듯이,

바람은 천추千秋 내 희구希求의 푸른 정精이니! 스스로의

열린 길, 주저없이 유현幽玄의 그 길로

노래 이루어선 공간에 하염없이 흩어지리라

이미 석비石碑로 식은 노래의 기념은 흐름하여

심연深淵에 사라지는 머언 메아리처럼 그 언제나 늬를

부르는

반향만 나직이 빗겨갈 뿐, 마침내 절창絶唱은 단장斷腸코

영영 목을 늘여 허허롭게 저무는도다

만고의 능燈 빛이여 노래 이는 불멸의 화염이여

백일몽

── 누이동생 금옥金玉의 무덤에

1

그윽하게, 썩도 의젓하게
사랑하며 죽어갈 나날,
사랑받아 죽어갈 나날

때가 오면 흩어질 꽃 곁에
애수어린 노래의 심금을 울리며

노을빛 채우다 못해
쓰러질 가슴의 피맺힌 터전에
목마른 사랑에 부서질
천년의 꿈인가 싶으니, ⋯⋯너는!

2

머언 꿈 속에 아련히 들려오는
너의 목소리 있어,
'포기포기 으르대는 꽃을 더불어
첫길을 거니는 공주처럼 나는 가리
만첩 꿈결의 꽃길은 사이사이,
하이얀 옷매 가벼이 스쳐지듯

살포시 한가롭게 날리며
사뿐히 은분銀粉 받고 나는 가리'

3
내 가슴은 내 마음에 묻되
'머얼리 이대로 묻혀도 좋으랴?'
내 마음은 내 가슴에 이르되
'고요히, 그저 고요하라'고!

영원히 현세現世로 돌아옴이 없이
푸른 말샘 사랑을 주고 받으며
첫길을 거니는 공주처럼 너는 있어라

이태백李太白의 환상幻想

1. 월하月下의 산조
이백李白은 가장 달과 가까운
어느 안벽岸壁 위에 서 있었다……
물결에 흔들리는 몸부림!
최후의 여인처럼 달은 이백의 머리 위에
수색愁色을 띠어 중천에 하염없었다

고요는 다시 갈채어린 물결에 부서져 갔다
이백의 전령全靈은 사랑처럼 다가서는 옛날 위에
달을 앞세워 그 빛 속을 꿈결처럼 달려갔다
……주렴에 흔들리는 구원久遠의 여운餘韻!
이백은 그 청아淸雅로운 새벽의 음성을
입술에 구을렸다

── 내음 자욱한 꽃에도 수심 있나니라
새벽을 수놓은 서시西施의 꿈!
달이 지새도록 베갯머리에 아양떨며
지쳐진 육체의 환상. 서시西施는 스스로 황홀한
석경石鏡에 그만 도취하여 쓰러졌으리라……

봄날 궁정 꽃구름 가지 밑에 달과 더불어
곤드라진 일배일배우일배一杯一杯又一杯. 이백은 천부의
시흥詩興에 술보다 재빨리 취했었다
── 귀비貴妃는 모란과 함께 어쩔 수 없는
     생의 희열, 인군의 웃음 속에 적시고 있나니라
── 그 찬란한 슬픔을 봄바람이 풀고 있음을
     그는 결코 알 수는 없으리라

……다시 절망적인 거리距離에서, 이백은 물 위에
요요히 떠도는 달무리를 아직도 쫓고만 있었다
은빛진 '고향'을 사무쳐 눈물짓는 이백의
애수哀愁는 행화杏花. 이슬에 비껴, 사념은 끝없이
흘러만 갔었다

삼백육십날, 하루처럼 이백은 바람을 더불어
훈훈한 상사相思의 호흡을 들었다
애절히 달무리를 바수는
장안長安 일천一千의 다듬이 소리!

이백은 강물 깊숙이 한량없는 고독에 휩쓸린 채
허무한 '중천中天의 애인'이 다시 화하花河를
건너감을 보고, 죽음처럼 달 곁에 쓰러져 갔다

2. 동정호洞庭湖의 달
이백은 동정洞庭 스스로 흐르는 천년의 정적을 응시하
면서
단 홀로 예와 다름없는 삼백육십날의 은잔을 들며
머언 산사山寺의 만종晩鐘에 구을리듯 음률을 휘어잡
고 황홀히 취하였다

연연戀戀 몸마저 승화시키는 그 어쩔 수 없는 달빛은
한천寒天 저러이 이백의 머리 위 포근히 안겨 주는 영
원의 사랑처럼
그 청아로운 자취를 잔 속에 보곤 재빨리 희희戱戱 얼
빠져 갔다

봄 동산의 철꽃 만첩이 아양떨듯이 가비야운 내음 돌
아,
호금胡琴, 버들 한들거리며 지수池水에 은銀보래 여름

62

을 푸름에 구슬 듣는 가락,

이윽고 아련히 만엽萬葉에 잦아 마음 다홍진 가을날 화류일천花柳一千의 달무리

망막하게도 쓰러지듯 홍엽紅葉에 흔들면서 서서히 우일배又一杯 시구詩句를 맺었었다

반생 눈물겹도록 월하月下에 음유하던 지난 추상追想들은 어리어,

휘황히 하늘에 열린 한량없는 달빛을 움켜 일구一句 바람에 저어 갔었다

명화경국양환소名花傾國兩歡笑일진대, 이 모두 봄바람 무한의 시름을 풀건만

명월시선明月詩仙 서로의 기쁨을 비길 수 없는 그 찬란한 자위自慰에

백발삼천장白髮三千丈! 꿈결의 홍소哄笑에 농정洞庭은 그만 잠을 깨었나 보다

정원 한 떨기 유현幽玄의 선녀인 양 모란은 만당滿堂에 6월을 채우는데

시인인들 아예 임금이 부럽지 않나니, 은근히 귀한 이로 하여금 먹을 가는

그 호사스런 음색, 징녕, 시운詩韻은 정평淸平 가락을 휘몰아

　머언 안벽岸壁의 우람한 물결처럼 흩어져 오는 것이었다

　일배一杯 또 일배一杯 자작청향自酌淸香은 공기마저 어울려 무르취하는 벽루碧樓에

　스스로 동정洞庭 만리수萬里水처럼 넓혀지는 이 우주 무한의 꿈을 융합하여

　취중醉中코 뱃길처럼 설레이는 몽중夢中 가율歌律은 의연히,

　아아雅雅 요요히 달빛을 바수는 것이었다

　푸름은 한결같이 고향의 사랑처럼 달 그려 지새던 오랜 날,

　마음 혼연히 잔마다 방불한 임자취, 생끗이 시정詩情을 흔들어 주었건만

　이 밤 하늘이 무너지도록 염원은 끝내 허망에 목을 늘이는

　기러기의 심금을 설음에 또 천추千秋처럼 곤들아졌으메라!

가슴 허전히 일어선 꿈자리엔 이미 달빛은 사라지고

새벽노을에 눈물맺힌 흔적인 양 다만 별이 둘, 셋, 넷,!

이백은 무아無我에 세월을 잊은 듯이 길이 동정洞庭에 스몄을

그 수하심연水下深淵, 노래의 무덤인 달 모습을 찬 서리에 자락 적시며

언제까지나 굽어 보는 것이었다

향로봉香爐峰

마침내 내 열렬한 너에의 바램은 헤어지고
시름은 풀 길이 한량없이 추기秋氣는 가득한데
이날 저리도 역겨워 안개로 가리웠음인가
'향로' 봉마루에 들국화.

자욱한 만엽萬葉 울창히 이름하여 모두 약초런가,
마음 여기 묻혀 다시 바다 은근히 귀 기울이도록
무지개의 꿈, 찬란히 노래 흔들건만
정녕 선녀처럼 '비로毘爐'와 '집선集仙', 어디로 흘러갔
느뇨

동해 나직이 구름 만장, 키를 정그고
해돋이에 보랏빛 노을, 옷맵시에 열어졌으면
향로香爐는 바람에 탁하여 길이 일러라

내 단 한 번 늬를 불러 달려온 자욱,
이 장엄한 '금강金剛' 시내치는 봉보峰譜에
너의 영겁한 밀어를 담아 띄울 날이 있으리라고!

허전한 가슴 미어지듯 머언 그 이는 상기 오질 않는데

너처럼 서름하여 눈물겨운
'파인巴人의 임자'는 말이 없어라.
이밤, 명월明月에 머리 숙여 내 그지없는
호곡號哭의 노래 멈추어, 고향의 어머니를 뵈오리니!

행여 다시 늬를 찾아올 그날엔,
만가락 노래의 가람에, 아름 움켜선 천추千秋에
울리리라, 향로봉香爐峯 영가詠歌에 이슬진
맺음의 구점句點, ⋯⋯나의 들국화

3

장시長詩

무지개

무지개

서시序詩

넋없이, 넋없이 우러러
머리 숙여선 돌아와 눈물짓노라
가슴 미어지게 달리는 산마루.
머물러라! 머물러라!

몇 번이나 그윽한 음조音調를 날리며
울렁이는 그이의
날 부르며 불리우는 가슴의 핏발은
마침내 저렇게 동결된 사랑의 메아리!
색과 음이 향과 그늘이
망막하게도 시내치는 이 시공을 넘어서
연연 입술을 마주친 순시로
이슬 젖어 사라지는 목숨의 꽃이여

— 나의 무덤은 하늘의 무지개!
종루鐘樓의 여운처럼 하염없는
그 순간의 꽃보래 찬란히 지듯이
영원히 나의 죽음을 기하리라

제1장
땅을 떠나선 필 수 없는 숙명을
꽃들은 저렇게 바래다 간 이슬졌으리라
내 처음 부르던 그이의 이름처럼
이 하늘 찬란히 옥좌玉座하는 빛의 혼례婚禮여

몸채로는 갈 수 없어 영영 늙어질지라도
이 불멸의 순시를 빛 속에 휘어잡고
하늘에 달리는 새벽의 인생!
……나는 스스로 이는 '바람의 정精'처럼
흔연히 그 곁에 쓰러지고 말리니,

너를 볼 제마다 애원한 부르짖음이
이대로 멈출 수 없는 영원의 거리距離로
나의 오랜 첫꿈은 시선詩仙의 음색을 감돌아
이 천부의 음률을 적시며 응결됨인가

……무지개여!
저토록 너를 그리다 못해 우짖는 심원心願,
귀촉새 피를 쏟고 마침내 땅에 쓰러진,

── 너는 내 노래의 무덤!
나의 심이心珥는 한결같은 그 음성을 더듬어
울렁이는 가슴 바다처럼 일어서나니

이 겹겹한 푸름으로 내 목숨이 영원히
마음 바쳐 죽어갈 사랑을 더불어
이제야 너처럼 있으리라
무지개여, 무지개여

제2장
단 하나의 운명을 채색하기 위하여
저렇게 사랑을 피어 올리기 위하여
마침내 하늘은 무지개를 피어 주었음인가

그 드맑은 거리距離로
나는 끝내 비약을 보았노라
염염 승화하는 노래의 불처럼 한량없이
내 심혼의 가장 복판에 위치하는
너에의 바램!

언제까지나 그 언제까지나
내 완성에의 그날에 마땅할
마지막 신의神意를 네게서 움킬지어니

정녕 지니고 쓰러질 '나의 너'를 위하여
이대로는 갈 수 없는 '너의 나'를 위하여
이 눈부신 영원의 순시를 어디까지나
순순히 이어, 너로 말미암아 가슴 울렁이는
사랑에게 바치울 지혜의 꽃보래로 삼으리라

제3장
A
오, 오, 오!
오, 오, 오, 오!

하늘이 푸르다 푸르다 못해
저렇게 허전히 밀려 갔을 무지개여

뫼마다 얼을 잃고
줄기 치다 뻗은 채로 쓰러졌을 무지개여

내 길이 목을 늘여 외치며
태초의 이슬 젖은 가슴,
여기 적서 종루鐘樓처럼 울어 오르다가
끝내 아쉬워졌을 무지개여

오, 오, 오!
오, 오, 오, 오!

B
먼 먼 조상들은 너를 휘어잡고저
왼 지붕을 높여 왔나 보다
사무치다가 사무치다가
선화공주善花公主는 관冠을 벗고
정녕 거러지乞人를 따라 갔나 보다

피 뿌리듯 우짖어 나래친 종달이
허공 중에 너를 부르며, 부르며
일만년 그 빛깔을 그려 노래하여 왔나 보다

오래인, 이리도 오랜 날
그처럼 내 가슴 비인 터전에
채색한 첫꿈이 때를 넘고
죽기로서 너를 노래함이 아니랴!

C
비록 죽음이 나를 불러
이 몸 묻을 무덤 하나 없어도
나는 서럽지 않노라

항시 새벽을 달리는 보랏빛 가슴은
너를 움키는 그 한 희열喜悅에 저물도다
언제면 귀의歸依할 너에의 노래, 가락마다
음률 짓고 하늘 채워 영영 헤어지리라

그 언제나 네 스스로 '머언 현세現世'를 더불어
나의 빛으로 변함없으리니, 한량없이
너를 기뻐할 수밖에! ──무지개여

제4장

이는 동결된 나의 청춘의 기旗,

나의 변함 없는 노래의 표상일지니

언제나 어린애 가슴으로 돌아가는 영겁의 꿈결,

이제야 태어난 보람을 알고 슬프나 기쁘나

신神의 은혜를 경건히 구가하며 피리니

하늘에 걸린 찬란한 나의 무지개!

그 언제나 내 마음 한량없는 하늘처럼

너는 사랑을 더불어 가득 찼나니

목을 늘이며 마구 외쳐 왔노라

금빛 날개에 오직 너만을 위한

열렬한 노래의 불을 바쳐 왔노라

바람이 일고 지는 찰나에 피는 이 순간을

나는 영원히 있고, 노래 흔들며, 비약하노라

죽기로서 다가선 순결이

네 육체에 으르대어

끝내 맺어진 절대의 빛이여

푸름이 돋혀 준 너에의 애욕이
내 목숨의 마지막 고동으로
저렇게 아늑한 나의 열의를 이루어 주었노라

드맑아라, 드맑아라! 영롱한 새벽의 내 가슴,
그 우아優雅에 얼 바쳐 쓰러지도록
썩도 드맑아라! 무지개여
너와 나의 마지막 돌아갈 지평인가 싶으니!

제5장
A
가슴 첩첩이 다만 울부짖어 왔노라
내 목숨껏 태워 버린
늬 애욕의 이슬 젖은 하늘로!

지상至上의 에로스에 바쳐질 청청한 만엽萬葉의 내음,
너와 나의 지혜수知慧樹를 위하여
이 아늑한 제전祭典의 한낱 희생이 될지라도

끝내 투명한 푸른 죽음이

너로서 극한한 내 존재의
마지막 일순까지 변함없는
노래의 불을 적시고야 말리라

애인아, 순간이 순시의 향수를 무늬 짓고
너에게 돌리는 노래의 영광을 더불어
원시처럼 열렬한 꿈의 사연을 휘날리면서!
서로 마음하는 혼이여, 이 제화祭火를 위하여
월하月下의 수정水精 찬란히 부서지는 순간 위에 계승
하리니

연연 가락마다 시내칠 만촉萬燭의 프리즘,
우리가 입김마저 닿아 쓰러질 혼좌婚座로
노을져 멈출 수 없는 이 애절한 노래의 불 속에
애인아, 마지막 별이 되어 스며 오라!

이미 흔들 수 없는 바램은
마침내 신성한 내 희열을 나래쳐
너의 희미한 몸부림조차 보았노라
무지개여! 무지개여!

B

그 언제면 내 손에 닿을
너의 오색진 내음 복판에
내, 불멸의 영예를 지닐 수 있으니

나의 이 한 기대를 허虛롭게 말라
목숨의 빛이여! 너와 피고 지는
내 일념 쪽으로 기어코 아수라처럼 오라

내 끊임없는 본능의 지속으로
꿈 잃은 나락奈落에 휩쓸리기 전에
이 노래 어린 불의 정精을
어서 피안에 열리는 새벽의 혼좌婚座로 인도하라!

너와 나의 마주치는 뜨거운 입김이
열렬히 부딪쳐 하염없는 진홍眞紅의 도취!
불붙는 순결의 퇴적堆積이 스스로
하늘 넘쳐 웃솟는 화염의 원주圓柱여
영세永世를 채우는 창벽蒼壁의 빛이 되라

이토록 영겁히 지상至上에의 길을 달려갔음은
때가 휘몰아 묻어 버릴 그 한 최선에
죽기로서 영원의 순간을 빛내기 위함이로다!

한결같이 퍼나사스, 백열白熱의 고요 흔들어
영원을 지향한 절대의 리릭이여
승화하라! 내 심혈을 기울여 아로새긴
노래의 파르테논, 내 목숨의 건축이여
이는 시신詩神의 꿈자리, 도도한 밀어의 곡曲인가 싶으니!

C
너의 숨가쁜 애무의 꽃보래는
내 팔 속에 휘날려라
……눈물겨웁도록!
우리가 돌아갈 영원의 지평으로
늬 찬연한 무한의 빛을 놓아
애인아, 정녕 열화처럼 너는 오라

이미 머물 수 없는 이 순간을

너와 나는 위치하고, 주고받고, 구현하고──
이보다 더──굳센 사랑은 없나니
이제야말로 허망한 세계의 밤을 채우리라

어디까지 너로 말미암아 나이아가라의 내 가슴,
기어코 보람 있을 이 한 결실에
끝내 열망한 원죄의 새벽을 트이어 우리는 가리라
노래의 샘이 마르면 애인아, 너와 함께 하늘에 묻혀질
영원의 망향望鄕──
무지개여! 무지개여!

제6장
사랑하리라, 필 바쳐 사랑하리라
천년 부르다가 쓰러질 목숨의 지평에서
이제야 열을 퍼부어 나는 사랑하리라

늬 오는 날 그 드높은 갈채 속에
새벽을 뒹구는 바다의 신부新婦처럼
늬 오는 날, 나는 바람처럼 뛰어가리니

이 순간이 돋혀 준 천부天賦의 날개로.
너와 나의 영세永世에 돌아감에 마땅할
창벽蒼壁의 이슬진, 그 도도한 빛을 놓아,
한 줌의 흙 속에 어린 진리에 귀명歸命함이로다

어서 오라! 죽음이 부르기 전에
우리가 피워 올린 낭만의 꽃 그늘로 너는 오너라
하늘은 우리의 뜻을 마지막 사랑에게
인도하며 다함이 없을지니
늬, 노래의 불을 질러 어서 오라!

우리는 한갓 허허로운 사람인지라
이 넓은 공간에서 꿈밖에 밸 수 없는
사람에 지나지 않으니, 뭇 세월이
주저없이 휩쓰는 비정非情으로 말미암아
이 우람한 새벽의 피안彼岸이 저물기 전에
우짖는 화조火鳥의 청청한 꿈을 나래쳐 가자

사랑이야말로 우리들의
질서와 지혜와 믿음의 동결된 정열!

하늘이 우리와 융합하는 영원한
지고至高의 계시일지니, 다만 사랑하리라
사랑하다가 이대로 한 방울 거품이 될 망정
어디까지나 사랑을 알며, 사랑을 즐기며
그 속에 영영 상승하리라

최후의 장
A
끝끝내 단념할 수 없는 원시의 제전으로
너와 나의 완성을 기하기 전에
정녕 이대로 나는 죽어갈 수는 없구나

바람을 향하여
능라綾羅로 흐르는 이브의 악장樂章을
나의 황홀한 심이心耳는 울리고,
나의 입술은 찰나의 모음을 쏟는도다

여기 머물러 도취하고,
여기 우러러 눈물짓고,
여기 돌아와 피를 흘리나니

─ 우아로운 신의神意의 날개여
새벽으로 길을 여는 만고의 불빛을 더불어
천년 꽃마다 금빛 노래의 샘으로 피워서
이 허공의 절망을 막아 내기 위하여!

기어코 오라! 투명한 애욕의
이슬 젖은 절대의 가슴을 소생하도록
너와 나의 비정한 갈망이 식어짐이 없도록
늬, 마지막 불지른 노래의 전령全靈을 기울여 어서 오라

B
이는 하늘과 땅을 맺는 불멸의 길!
이는 희열喜悅의 목숨을 채색한 우리의 푸른 영예!
이는 아직 모르는 비창悲愴한 신神의 초월된 이름!

바람처럼 가벼이 나를 향하여
신종信從의 가슴 열렬히 뛰어오는 목숨겨운
나의 찬란한 마지막 에로스여!

이처럼 부르며 불리운, 애절한 우리 염원이
영영 이루어질 그 한 순시瞬時를
저렇게 아늑히 물들이면서!

빛과 빛이 무르녹아 채색마다 마주 대어
망막한 곡曲과 운韻을 울리며
그윽하게도 그 시내치는 영원의 내음 속에서
너와 나는 현현顯現하고, 추구하고, 영위하나니

……목마른 나에게,
너의 손을 달라, 너의 입술을 대어라
메말라 식어진 가슴의 불을 웃솟아
너의 마음 복판에 나의 '너'를 달라!

끝내 거역키 어려운 내 목숨 위에
필 섞어 기다린, 나의 목마름 앞에
여명처럼 다가오는가, 천부의 기적이여
숨이 닳아 끊기울 마지막 일순一瞬까지

오가는 파도의 쉬임없는 되풀이처럼

천년의 찰나, 복숨의 전령全靈을 뻗쳐 우짖있음은
신神이여, 고고孤高에 목늘인 무한한 나의 기대는
정녕 이 한 노래가 아니었던가!

오— 무지개! 우리가 부르다가, 부르다가
마침내 피워 올린 일체의 눈물의 이름이여!
내 얼에서 빛을 토해 길이 불리울 불멸의 영곡靈曲이여
너와 나의 웃음띠어 마주 보는 우리 하늘엔
그를 아쉬워하는 희미한 종소리!……종소리!
그 속에 '승화昇華의 우리 있었노라'!
영원의 여운.

4
불국사

불국사

내 죽기로서 단 한 번 목메어 울고픈
종루鐘樓는 저렇게 신라를 울어 헤어졌기에
그 소리 한량없이 바람 설움에 겨워 불지른
'토함吐含'은 끝내 하늘에 염원을 적시며
쓰러졌는가

지광地光에 나풀거리는 억천億千 이야기는
만당滿堂에 어리어, 외치며 눈물져 달려온
경주 불국사!
내 길이 맺은 사랑을 더불어
한결같은 작열灼熱의 축제,
여기 움켜 마음 녹아 부서지도다

관능의 구슬 짓는 그대 오후의 난무亂舞여!
'부영루浮影樓' 울렁이는 너의 피앙세!
첩첩 염주에 임 그려 떠오르는
영롱한 광영의 석탑이어

'다보多寶야', 임과 피고 질 영원의 문이 열리누나!
약수藥水 구을리는 달빛 아름 떠다 '월화月華' 요요히

듣는 비파, 재빨리 독경讀經도 저버려 일만년
석가釋迦 황홀히 석중石中에 늙어졌음에라

동으로 은주銀珠는 리라빛 입김을 내게 부어
새벽에 달리자
사라沙羅는 로진路振의 손을 마주 잡고
서西으로 사르랑 나의羅衣 휘감아
'열반'에 입맞춰 죽어가리니

남으로 아수라阿修羅의 꿈을 넘어서
'진희'는 가슴 미어지게 '서라벌'의
노래 흔들며 '달례禮'야, 동결된 이대로
신라의 영화 누리자!

월명月明은 밤새워 설레는 이슬, 성좌를 굽이쳐
'자하紫霞'는 안기워 쓰러지듯 '청운靑雲'을 불러
몸을 잠근 지수池水에 아양 떨며 힘 잃은
백련白蓮의 밀어 짙은 꽃무늬, 무늬마다 뱅뱅
시내쳐 감도는 내 가슴에 천년을 깃들여 구원久遠하
렴아!

불국의 전능한 '부처'인들
나와 다름이야 있으랴!
내 죽기로서 저리도 열렬히
목메어 부서진 에밀레처럼
신라를 울어 헤어져 가리니,
화정花精은 길이 이 노래 천추에
하늘 적시게 하라, 하늘 흔들게 하라

에밀레종

─ 작품「최후의 신라」삽곡揷曲

에밀레, 에밀레, 종은 울려 오고
에밀레, 에밀레, 종은 비껴 가고

신라 천년의 이슬이 스며지도록
님 잃은 공주는 목놓아 울었나 보다

그 이슬 알알이 꽃이 되어
그 꽃이 빈분히 바람 일어
몸이 죽은 화랑은
가슴 찢어 외쳤나 보다

기울어 가는 나라를 애끓어
여위다 못해 얼을 모아 녹여
두드리다가 두드리다가 쓰러졌나 보다

그 소리 만가락 흐트려,
그 울음 산산이 헤어져,
개골산皆骨山 살을 갈아
저렇게 엎드렸나 보다

에밀레, 에밀레, 목숨이야 있고 없고
신라 피의 이슬 구을리는 에밀레!
녹슬어 부서진 기와 쪽을 주으며
좋아, 나도야 그렇게 울었나 보다

— 김순애 여사 작곡

낭만적인 6월의 장章

지금은 뭇별이 새벽에 달리며
청자빛 그윽한 옛님의 사연, 옥적玉笛의 바람 일어
우리 하늘은 만가락 우짖어 흔드는 은비銀飛의 혼례식
이는 내가 사는 나라의 나래치는 마음이어라

　청청 수련水蓮은 모란을 더불어 비취빛을 감도는 고
궁古宮
　6월은 천년 그 고요의 무늬를 우려,
　젖빛 구름 너의 수의壽衣삼아 연연히 흐르는 밀어의
화하花河
　……오색 꿈 찬란히 나는 네 곁에 있어라

비록 이름 없는 시인, 문벌 없는 처녀일망정
여기 사랑하며 죽어갈 그대 한국인 것이
세월이 얽어 준 계관桂冠을 이어받으며
한량없는 그대의 축제에 저무노라

만산 꽃바람 우아로운 6월의 정精이여!
늬 열렬한 노래의 불 속에 영원의 순시瞬時를 휘어잡고
내, 너를 더불어 깊푸른 하늘 주저없이 승화함이로다

한 여신女神, 옷을 벗고 무지개를 배었을
이리도 따스하고, 풍부한 우리 제전에
언제나 변함없이 돌아감은, 사랑이여
그를 열고, 닫고, 더듬는 늬 있음이어라

몽중夢中 월례부月禮賦

사무쳐 부르다가 이대로 죽어갈 수 없는
'조신調信'*의 가슴처럼 나의 노래는 당신에의
뜨겁고 한결같은 염불입니다

열망은 월하月下 동해에 신라를 묻어 버릴지라도
천년 하루처럼 목을 늘여 꿈 속에 부르는
당신은 단 한 사람 서라벌의 무지개입니다

계림鷄林의 구슬 짓는 바람 아늑히 고금古今을 적시며
기라綺羅처럼 찬연히 피고 지는 명화名花들이
정란廷欄에 비파의 가락 흔들며
영화에 저물망정, 나의 노래의 샘은 여울의
물결을 거니는 나비의 가슴처럼 당신을 지향합니다

당신에의 오뇌, 당신에의 염원, 당신에의 울렁이는 내
가슴,
나의 뭇꿈이 당신을 호흡하며
당신은 그를 인도하고, 사랑하고, 지배합니다.

동양의 달!

태백산 줄기에 달무리를 감도는
만종의 여운처럼, 내 열렬히 움켜
노래 흔드는 그것은 당신의 모습,
나의 노래의 전부입니다

그윽하게도 다함이 없는 머언 음악처럼
당신의 아늑한 구원久遠의 모습!
당신은 나의 꿈속에 옥좌玉座하는 시혼詩魂의 흐름이
되어
나의 노래, 나의 목숨과 함께 살아 있습니다

*'조신調信'이란 이광수 작「꿈」의 주인공임.

석굴암

걸음걸음 등떠 오르다가 신라에
기어들어 탄식 짓소.
햇발은 산허리 기어오르다가 이슬 짓곤
또 밀어 오르오.

'진리'는 석강石崗에 천년 고요를 부각하여
저리 늙었소.
'지혜'는 스스로 방불하여
해는 꽃보래 치오.

아 — 미끄러 흐르는 손 어루만져
떨며 부르오 — '관세음보살'!
열렬한 시심詩心, 얼 바쳐 촉화燭火처럼
뱅 뱅 휘어 스며져 가오.

동해 거룩한 일출! 재빨리
몸을 정그고 섰소.

'토함'아, 이대로 허릴 굽어 구름을 타자
황홀한 넋은 꿈이련가, 진정 고울세라 석가여래 임

자취!
　어휘 잃고 아양 떨며 추파를 던지오.
　만상萬象 바야흐로 임 모셔 '열반'에 젖어 가오.

　내 죽기 전 서라벌의 옛 가슴 종루鐘樓처럼 울려 갈지니
　'나한羅漢'은 새벽을 더불어 유원幽遠에 적시며 뛰어
오라
　자비의 에로스여! 손은 애절히 손을 합쳐,
　은벽銀壁으로 연달아 울리는 중생의 바램은
　안개 자욱히 머얼리서 흐느껴 돌아가오.

　하늘은 바다에 잠겨, 고요는 '토함'을 휘덮어
　임은 우리 종 속에 하늘과 함께 어리었소!
　누억만년, 초연히 임 호을로
　영원의 빛을 마시며 살고 있소!

동해 낙산사

마음은 우람한 백파白波처럼 뒹굴며, 부서지며,
이 밤 지내도록 월명月明을 띄우는 동해 낙산사

내 한결같은 사연, 금사錦紗의 꿈속에 부르며
내 열렬한 바램, 입맞춰 죽어질 해당화 송이마다
님의 노래 유현幽玄에 적시도록
좋아, 그 뭉쳐 오랜 심원心願에
하늘이 주저앉도록 바다에 울려라
노래의 무덤은 여기 동해 나의 님!
서름에 겨운 시인의 가슴으로 허망에 떨리는
가을의 만엽萬葉을 스미게 하여 첩첩 무늬 짓게 하라

님 그려 의상대에 이름 아로새겨
달빛을 타고 물새처럼 나래쳐 가리니,
한량없는 중천에 마음 적셔 시내치는 뭇별의 길!
나직이 청간정淸澗亭 홀로 작배하여
어옹漁翁의 사무친 바다의 옛 가락에 지금을 알리라

난리는 애끊는 삼천리, 표표히 흘러
젊음은 노송老松에 바람의 시름을 풀리니

바다 가물지도록 빼앗긴 북北을 지향하는
머언 '모자상母子像', 그 지쳐 아린 모습에
바다만이 보이는 눈물의 자욱 소리!
차라리 여울처럼 울리게 하라

옛날의 '조신調信'은 밤마다 달무리에 죽기로서
그린 달례禮], 지금은 영원한 동해의 처녀인가
이름 은근히 천추에 불러 저무는 낙산사,
너의 나를 눕혀 마음 달려 그지없는 가장 안속에
나의 너를 부처처럼 모셔 길이 염송念誦하리라

귀거래사歸去來辭

죽음보다 두려운 노래의 샘이 마르기 전에
나는 돌아가야겠다

어서 마음은 가자, 가야지
빌어 입은 옷이랑 벗어 치우고 나는 가야겠다
꿈 속의 임 곁에 마구 달려가듯이!

하늘 아득히 가을의 저녁을 열어
갈잎 흔드는 바람의 나직한 목메임,
이는 나의 노래의 전부일지니

안개 자욱한 언덕, 마을에 낮밤이 가오고
시내 흐름하여 나무 숲은 절로 자라서
천년을 맺어 서로 이어온 요람.
어질고 경건한 옛님의 사연은 머언
종속에 뭇별을 시내처, 애절히 부서진
넋의 피리. 풀잎에 하염없는
내가 사는 한국의 하늘과 들!

몇 번이나 눈물겨운 피의 신음 첩첩,

가슴 막히는 소용돌이의 고단한 오늘은
그 언제면 필연히 쓰러지고야 말리니.
씨를 뿌려 가꾸며 걷어 들이는 우리의 나날
너와 나는 별을 헤아리며, 별처럼 위치하고
이슬진 하늘에 다가오는 새벽의 보랏빛 그리움!

사람답게 일어서, 서로 홍익하고, 살고지고,
여기서 나고, 자라, 노래하며 죽어가는 숙명을
나는 원망하지는 않으리라
한량없는 해동海東의 옛꿈, 신시神市를 베푼
그 훈훈한, 그 전아典雅한, 그 풍부한
한국의 유원悠遠한 정서를 나는 이제야
충실히 노래하며 열렬히 돌아가야겠다

갈잎 흔드는 바람의 목메임은 나의 노래에
흙의 슬기로운 의미를 소리하나니!

우음초偶吟抄

1. 별이란……
별이란, 하늘에 꽃들을 사랑하다 죽어간
젊은 영혼들의 목메이는 제례祭禮입니까?
이 우주를 영겁에 융합하는 천사들의
비원悲願에 지새는 애상哀傷의 눈물입니까?

2. 눈보라
겨울밤, 눈보라에 빗기는 느린 종소리 있어,
나의 열회熱灰처럼 부서진 마음의 눈물진 여음餘音인가
아내는 만삭에 되풀일 그 신음의 심연을 전율하고―
이는 추억의 빈녀貧女, 거리에 처절히 떠는 허무를 울리며
마지막 고뇌의 인생을 죽어가는 피의 목늘임인가

3. 신이여
신이여, 나의 이 환상을 보다 자유롭게 하여 주십시오
오월을 우짖는 종달이의 날개도 부럽지 않습니다
영원히 당신의 뜻처럼 될 수는 없는 나의 노래는
당신에의 기도, 당신에의 귀의歸依를 위한, 경건한 빛의 정령精靈,

당신의 모든 것의 일진一塵입니다

4. 환상

시인 ── '나의 환상이여, 너는 누구냐?'

환상 ── '시신詩神의 사도使徒, 너의 노래의 충복이다'

시인 ── '나의 환상이여, 어디서 오고, 어디로 가느냐?'

환상 ── '네게서 노래가 울릴 때, 나는 너의 영혼의 향기가 되고 네게서 노래가 잃어졌을 때 나는 사라진다'

5. 나의 노래는······

당신이 나의 노래를 물으시면,

우람한 새벽, 동쪽 바다의 오색신 그 정서에

울렁이는 진주의 가슴을 생각하여 주십시오

천변川邊의 황혼 나직이 보랏빛에 씻기어

일어나는 첫별의, 밤을 여는 노래를 생각하여 주십시오

산골짝 외로이 밝힌 등불에, 상사相思의 가슴 비끼는

머언 메아리처럼, 술렁이는 그 바람 소리를 생각하여 주십시오

바다의 신부처럼 중천에 달이 밝으면, 새하얀
박수 호연히 부서지는, 그 여울의 파도 소리를
생각하여 주십시오

6. 봄의 애장哀章
별들은 신화神話처럼 밤마다 내려다보곤 새벽에 돌아
갔다
　땅에도 봄은 와서, ──꽃은 져도 내음은 미풍에 안겨
　언제나 빛과 새의 나래를 더불어 상승한다

　그러나 단 한 번만 있을, 그 사랑의 봄마저 빼앗긴 어
두운 가슴

　이 밤 하늘을 처다보며
　내 노래의 모음母音은 공간에 탄식 짓는다
　……이 지구란, 인류들이 영원히
　기어오를 수 없는 숙명의 나락인가!

들국화

— 불국사 서정시초抒情詩抄에서

아사녀阿斯女처럼 기다리다가 쓰러질 이름인가
석가탑 그늘에 들국화
바람의 정精들은 너를 목메여 하염없어라

서라벌 애원哀願을 굽이쳐 울리는 종 속에
피보다 달던 눈물을 날리며
영영 올 수 없는 길을 저렇게 물들인—
너처럼 나의 사랑은 피어 있음인가

사무쳐 지친 가슴 천년을 기울여
마음한 언약, 자꾸만 기다려지는
늬 애수어린 동방의 피앙세여!

너는 어느 새벽에 이슬진 신神의 흐름을 타고
피서린 노을에 안겨, 너의 세월을 저무나니
그이를 부르며, 남의 애만 끊게 하는가

언제면 홀연히 가버릴 운명을 지니고
그 우아, 그 순결, 그 영원을 더듬어
이제야 월명月明에 무늬져 흐르는 노래마다

늬 목숨의 귀의歸依처럼 비창한 사랑에게
내, 피 바처 죽어갈 노래의 무덤을 알았노라
달레禮야! 달레禮야!

5
비창悲愴

가을 종소리

가을날, 외쳐 부르는 네 이름이
바람에 느리게 눈물 지어 오는구나
고—ㅇ!

애끓는 이 맘의 사원에 울려 오는
만가락 늬 종소리 귀에 담아
세월을 무늬 지어 적시는
오— 솔베이지.

설음에 겨워 미친 가슴은 막혀
떨어져, 흩어져, 헤어져 가는
낙엽의 목늘임에 젖어
내 마음에 빗겨 운다

저렇게 오마던 님을 그리워
병든 가을의 따님을
마을에서 마을로 영영
붉은 독배에 장사葬事하였나
고—ㅇ!

일만년 손을 마주 잡고
산중 깊이 무리지어 우는 사슴처럼
허공 중에 마구 울고 싶구나

붉은 너의 피가 서리어 있다
목을 늘여 너의 혼이 사무쳐 운다
머얼리 낙조를 휘어잡고 마지막 너를 부르면
지평地平마저 아주 잃어져 가는구나
고— ㅇ!

흙

흙과 새워 온, 흙처럼 주름진 이마에
시름젖은 흙빛이 흔들린다

바램은 울려 간 말방울 소리
허무에 천년이 흐르고
눈물어린 짚신 소리 뼈에 묻혀 잿빛인가

백년 하루처럼 바쳐진 심혈은 보람없이
아들 형제는 붉은 난리에, 지금은 초상집!
차라리 갈갈이 찢기워짐이 소원이었다

숙명에 쫓기운 고뇌는 바람보다 차다.
종언은 절망에 오무러들어 사양斜陽에 빗겨 간다

한여름, 삼재三災는 옛말처럼
집집이 자리잡은 산골짝,
노을이 귀로에 잦아 서서히
등불이 깜박인다

무덤마저 타지마할은 될 수 없는 염원.

아직도 심장에 엉클어져 맥박치곤 한다

하늘 우러러 한숨짓고
머리 숙여선 저무는 땅 위에,
눈물이 고여 어지럽다
그 뜨거운 눈시울에
설국雪國의 안위安危가 늙은 흙빛처럼 명멸한다

라일락

한 떨기 라일락의
푸른 숨결이 그리워
오월은 저렇게 푸르렀나 보다

오르내리는 은비銀飛의 물결은
연연 우짖어 쓰러지는 만가락 종달이.
너로 말미암아 빛발은 마침내
피보래 치는 우람한 교향!
하늘은 서산에 저렇게 노을졌나 보다

하물며 사무친 내 가슴,
지금은 젖빛 구름에 감도는
머언 그이의 꽃정精인가, 보랏빛이 서러워
애절히 부르며 하염없이
사양斜陽에 빗기는 종소리인가 싶으니

라일락이여.
세월이 보낸 어느 전설의 새벽 하늘이
유현幽玄의 길로 간절한 보람을 피워주었기에
이리도 내음 어린, 이리도 우아로운

사랑의 이름처럼 노래 흔들게 하는가, 너는!

……한량없는 내 노래의 조국은 저곳에,
영겁의 바다처럼 너의 밀어의 샘은 푸르러
종달이 스치는 바람결에 하늘거리며
해마다 뜨겁게 피어 있을 라일락, 오월의 공주여!

단애斷崖

짓밟힌 인생의 기진氣盡한 구혼救魂의 아우성들이
마구 흐름하여 황혼의 하늘을 밀며 굽이치는 것을
나의 노래는 의식하고 있다 (용두산에서)

자세와 자세, 절망으로 이어진 판자들의 고조된 협주
協奏
허우적거리며 신음하는 오뇌의 절정絶頂에서
오— 기세월幾歲月 잊혀 오랜 최대의 희생들이여
하늘은 말없이 이 진실을 의지하고 있음인가

느린 황혼의 여영余映은 지하地下의 만령萬靈을 일으켜
그 애절한 소원을 부여잡고 몇 번이나
바람의 시름은 부고처럼 휘날렸으랴

신神이여, 마지막 신뢰에 멍든 구혼救魂의 손을 달라
간간에 위치한 불안의 불빛마다
뜨거운 애구哀求에 어리어선 저마다 그대의
이름으로 명멸하며 지새인다

이 밑바닥에서 어디까지 영위하고,
계승하고, 혼연히 일어서는 어진 백성,
나는 이보다 엄숙한 신앙, 이처럼 위대한
모습과 인내와 의미를 모른다

이는 내가 사는 모국의 숭고한 영상,

그러나 지금은 해어진 기旗폭처럼 운명의 불 속에 흔들리고 있다

……마치 빈사頻死의 백조처럼!

(피난 때 불붙는 부산 용두산을 쳐다보면서)

명월보明月譜

흰 옷에 흰 댕기 들이인 청상들은
이날, 산소마다 하얗게 백화 이슬 구을리는
만첩의 곡소리, 바람에 놓아 저문 줄 모를레라

무너진 집집마다 수심愁心은
노래되어 승화하는 추야장秋夜長
따사로운 이 기념을 되풀이하는 백성의 마음이사
이 땅 금잔디에 풍년 가락을 울리게 하라
풍엽風葉은 빗소리, 송편에 내음은 달빛보래!
예를 알며, 지금을 말하며, 내일을 얘기하자

달 기러기, 사연을 흐르는 이 밤 중추절.

그 어느 날에나 너는 님 앞에
원수를 무찔러 돌아오랴!
가슴 막혀 천추千秋를 대하는 동해 머언 어머니.
기진하여 날 기다리며 이 밤 달빛을 적시리라

불처럼 오가는 마음마다 뭉쳐 울리는
우리 종소리에 가신 전야戰野의 님.

달빛에 목을 늘일 꿈의 고향!
겨레는 경건히 진혼鎭魂의 사연을 머리 숙여
지새도록 그의 곡을 멈추지는 못하리라
……이 밤은 정녕 추석이란 명월의 밤일레라

가을노래

　흐르는 만유萬有는 느린 낙조에 빗겨 망막하게도 아득
하여라
　부서지는 가슴, 늬를 서러워 바람에 목메이는 가을날.
　거역 없이 쓰러져 저무는 들꽃을 만지며
　오랜 세월, 나는 견딜 수 없는 모국의 애소哀訴를 듣노라

　떠도는 자욱, 자욱마다
　애절히 굴러가는 종소리에 묻혀 가고
　흘러가는 물결의 쉬임없는 소리처럼
　나의 슬픔은 흘러서 멈출 길이 없어라

　아들 잃은 에미는 미친듯 검은 세월을 저주하며
　청상青孀은 강변에 주저앉아 하염없어라

　고아는 외로이 방향 없이 지쳐 폐허에 쓰러져 있어라
　남은 것 단지 잿땅인가, 흙을 부여잡고
　그를 우는 헐벗은 빈녀貧女들의 처절한 곡소리!

　녹슬어 오랜 곤비困憊의 무덤을 무너뜨리며
　바람아, 거세게 모질게 치구馳驅하라

이토록 애끓는 가슴의 비올롱을 흔들어
바람아, 거세게, 모질게 치구馳驅하라

애련愛憐은 오뇌와 손을 마주 잡고
길 잃은 현실은 꿈결에 휘돌아
한량없이 휩쓸린 이 한 비혼悲魂을 일으켜
하늘 적시는 모국의 애소哀訴는 멈출 길이 없어라
……별들의 오열에 감도는 고향 머언 바람 따라
나의 헐벗은 오뇌의 노래마저 어디론지 영영 흘러갔
어라

허망

언제면 조락凋落의 잎처럼 어둠 속에 휩쓸리라
만유의 변화와 유전, 있는 그대로의 모습 이외엔
기적이란 잠든다는 음향에 지나지 않는다

자연이여, 우리는 그 문가에서
그처럼 황홀한 슬픔에 사로잡혀선
피를 토해 쓰러져 간다
너의 탁월한 시인이 되기 전
끝끝내 천진한 어린이로서 목을 늘인다

내일이란 우리가 허전히 부르는 꿈의 회랑廻廊!
가장 억센 격류에 부대껴 밀리면서
마지막 육체는 꿈꾼다─
영원이란 다만 어리석은 비유에 지나지 않는다

누가 지배하고 독선하건 말건, 오직 하나
저마다 월명月明의 조음潮音을 지고至高의 사상으로
삼아
스스로 다스릴 영혼의 찰나를 수식하면서
이 공간에 자유롭게 되풀이하는 기쁨 있을 뿐!

거역 없는 허망의 희생들은
비원悲願의 우상偶像에 뜨거운 갈망을 합장하면서
죽음 앞으로 누구나 공평히 열지어 전율한다

기어코 우리는 썩어 가서
재도 남지 않으리라

만추애가晩秋哀歌

에미는 배고파, 물 한 모금 끼니삼아 에미는
미친듯 산골짝 솔방울 줏으며 줏으며
철로에 기진하여, 가버린 머언 사람!

애비는 등꼬분 육십년, 뼈저린 애비는
나룻배 속절없는 푼푼이 서러워 서러워
주정 끝에 감전感電하여 그슬려 버렸다

누나는 눈물에 저물다 노래 다한 누나는
하녀살이 삼년, 메마른 운명運命을 견딜 수 없어
혼가婚家의 시름, 차라리 우물 속에 몸을 던졌다

오빠는 가다 오다, 십 년 유랑에 애쇠哀衰한 오빠는
서투른 탄광炭鑛의 곡괭이, 땀속에 어지러워
터진 다이나마이트에 사지 갈갈이 피에 흩어졌다

이미 강변의 오막살이엔 바람의 조곡弔哭!
이미 마천령엔 다가오는 백설의 눈보라!
희미히 스쳐가는 말방울 소리에 지평이 저문다

124

헐벗은 오누이는 울지 못해 발버둥친다
업힌 삼돌은 젖을 달래다 바람을 젓는다
머얼리 밤의 죄화罪火들이 스스로의 슬픔을
찬별처럼 아롱인다

아득히, 느린 여영餘映에 폐허 주축은 흔들린다
신神은 외로이 저버린 석상石像처럼 지쳐
사양斜陽을 등지고 검은 피를 토하며 쓰러져 간다

고향

바다 가물지도록
나를 그리며 눈물지을
동해 머언 어머니.

그 야윈 모습, 외로움을 엮어 오면
어머니여, 그리다 못해 아니 그리지 못해
푸른 바다 외치며 달려간
머언 발자욱, 자욱마다 마음은 흐느껴 울고

……어머니의 보헤미안
나의 바다 머언 고향이여
예대로 회복할 수 없음은
이리도 만류할 수 없음은
영영 돌아갈 수 없는 내 젊음이라
머얼리만, 자꾸만 머얼리로 쓸려 간 이전 날.
이제는 네가 도리어 멀어졌구나

그렇게 못 이겨 가고픈 내 가슴이
끝끝내 죽어서 묻혀지기 전,
내 너를 처음 거니는 사랑을 더불어

어지러운 무녀의 가슴처럼
청청한 그 품에 쓰러지련만─

머물러 오랜 내 육체의 녹슨 추억 위에
오열에 적시는
그 뜨거운 눈물의 노래나마
바람에 붙이니, 머얼리 불러 보내라
……어머니의 보헤미안
나의 바다 머언 고향이여

비창悲愴

1
절망에 절망을 거느리고
나의 세계는 끝이런도다

영원을 바래며 순간에 쓰러진
허구많은 상렬喪列에 이윽고
끝내 미래의 날개는 산산이 헤어졌도다
절망은 절망을 부둥켜 안고!

2
저곳에 기울여 가는 느린 여영餘映은
세상에 모조리 총을 퍼부우러던
내 마음의 최후인가 싶으니

거역 없는 바위에 기대어
차라리 쓰러지는 병수病獸처럼 피를 토하며
어디론지 흘러가는 물결이라도 나는 좋아라

허공에 부서지는 슬픔을 목놓아
불러도 대답 없는 숙명의 나의 노래는

끝내 처량한 파도소리로 흩어지는가!

3
여하한 엄숙도 여하한 목숨도
기어코 나를 구하지는 못하였구나

비통悲痛은 옛날을 못 이겨
밤을 토하는 탄식에 덮여 있도다

앞뒤로 마주쳐 굴러가는
회의懷疑의 마음이여.
어서 늬 임종으로 지향하라

여하한 엄숙도 여하한 목숨도
기어코 나를 구하지는 못하였구나

4
영원의 앞에서, 영원의, 영원의, 그 앞에서!
질구疾驅하는 서풍이여, 타향에 묻힐망정
내 얼어붙은 심장이나마 깨우지 말라

회복할 수 없는 이 한 슬픔을 위하여
한 줄기 뜨겁게 내리는
신神의 눈물조차 가이없을지니!

이대로 버려 두라, 버려 두라
이 한 오뇌의 일편一片을 짓밟아, 갈갈이 흩어져 가라
……저곳은 내 망향望鄕인가 싶으니
바람이여, 너의 나를 휩쓸어 가라

6
백조의 노래

동해의 서정

— H · S에게

라일락 자욱한 내음, 먼동을 굽이 감아
아침 노을 푸름처럼 우거진 보랏빛 속에
은날개 내처 접은 오월. 동해는 금수錦繡 열어 드맑다

그리운 밀어들이 별과 시내치는 통로
종달이 젖빛 구름 나래 위에
솔바람 감도는 꿈 속의 금강무곡金剛舞曲!

바야흐로 나비 바다 거니는 계절의 윤무에
주작로朱雀路 홀로 금사錦紗에 시름진 사라공주沙羅公
主의
영화에 지친 머언 전설을 무늬 지을 게다

영롱 빛을 놓아선 요요히 피리 울려
사뿐 다가와선 아양 떨다, 안기우듯 끌어안아
중천 첩첩이 구슬 짓는 오뇌의 월광 소나타!

백년 하루처럼 우아優雅 잦아진 그늘로
스스로 도취되어 어울리는 바람들의 즉흥!
나의 노래도 그 곡조에 승무의 희열을 울리니

몇 번이나 지향한 내 열렬한 가슴인가!
바다 아늑한 여명의 빛보래 위에
바람 나직이 늬 미완의 음향은 나부껴 간다

그 언제나 너의, 너만을 위한 지향의 노래마다
끝내 불처럼 닳아선 입맞춰 쓰러지는
구원久遠의 음악이여!

화관

영원처럼 전령全靈을 다하여 엮은 꿈속의 화관花冠은
너의 무지개로 아로짓는 가슴 속에!
사라紗羅. 백열白熱의 광염狂炎을 추며 달려가자

눈물겨운 신의神意로 이루어진
네 육체, 다시 기적에 필 수 있다면
사라沙羅. 아늑한 꽃바람에 금사錦紗를 여며
식어진 내 영혼에 봄의 샘 노래 솟아나게 하라

오리온 성좌 머얼리 축제 어린 우리 바다로
천년 떠도는 음향을 기념삼아
청춘의 마지막 항구에 적시울
오뇌의 새벽 눈물을 날리며 날리며

사라沙羅.
정녕 물이 될 수 없는 오랜 소망을 거느리고
흙으로 돌아갈 수밖에 없는 우리들인지라

끝내 어디론지 흩어지고 말
바다의 이 밤이 새기 전에!

사라沙羅, 애련한 우리의 화관花冠으로 세계의 밤을 더듬어

　순간의 기쁨 위에 쓰러지고 말자

　이미 노을진 노래의 지평으로

　재로 휘날릴 목숨, 끝이야 있고 없고

　님 향한 불의 희생, 주저할 수 있으랴!

꿈 속에 그린 월하月下의 나이아가라

○

○○○○○○○○○○○○○○○○○○○
○○○○○○○○○○○○○○○○○○○
○○○○○○○○○○○○○○○○○○○
○○○○○○○○○○○○○○○○○○○
○○○○○○○○○○○○○○○○○○○
○○○○○○○○○○○○○○○○○○○
○○○○○○○○○○○○○○○○○○○
N
i
a
g
a
r
a

이 밤, 나는 전야戰野에 이름없이 쓰러진 세계의
젊은 영혼들의 눈물의 십자포화성을 듣고 있다
이 밤 나는 현대 데모스터네스들의
의미 없는 수식의 연설을 듣고 있다
이는 내 격조된 노래의 표상― 억천 수정水精들의
협주하는 광란의 심포니를 월하月下에 그리고 있다
이는 내 심률心律에의 조언― 사양斜陽이 빗기며 바다에
떨어지는 찰나의 장엄한 음향을 그리고 있다
나는 거기서 달무리의 열렬히 부서지는

영원의 신비를 그대 곁에서 본다
나는 거기서, 하염없이 인류들이
천화天火를 훔친 그 원죄의 오뇌를 본다
나는 거기서 아! 나의 노래가 너로 말미암아
포말에 사라지는 신의 탄식을 듣고 있다

— 작품「열광시대」에서

계절풍

은주銀珠
동해 노을 짙은 새벽처럼 오라!

이브의 젖가슴 그처럼
태초의 새벽바다를 보듯이
나의 사랑!
은주銀珠, 너는 오너라

쪽빛져 오랜 낭만의 바다.
계절의 꽃길로 밀월의 속삭임, 꿀이 흐르듯이
너의 자취는 바다의 신월新月
끊임없는 파도의 눈부신 갈채 소릴 듣느냐

이리도 청청히 으르대는 서정의 우리 가슴
열매 익은 금단의 지혜수知慧樹. 잎새마다 아름 따서
승천의 기적을 믿으며
바다에 쏟아지는 빗줄기처럼 순시에 살자

은주銀珠, 너는 나의 마돈나!
하염없는 오뇌와 애욕의 협주곡 울리며

진홍眞紅의 우리 가슴, 사랑에 죽어가리니

은주銀珠.
동해 노을 짙은 새벽처럼 오라!

둔주곡遁走曲

가을날, 휩쓰는 모진 바람에
식은 열회熱灰, 우리의 사랑을 풍장風葬하자

오래인 너와의 상아해안象牙海岸
휘모는 비수悲愁는 묻혀 하염없는 눈보라 오기 전에
느린 비올롱의 목메임, 지금은
머언 인생의 마지막 항구에 눈물짓자

석비石碑처럼 식어 버린 너의 가을, 너의 육체!
떠도는 낙엽은 바람에 목을 놓아
우민憂悶에 젖은 회상을 비 뿌리며 흩어질 게다

끝내 믿을 수 없는 영세永世의 침실을 남기고
타다 남은 애욕의 꿈결에 이제야 불을 질러
엘리자, 잃어지는 지평으로 견딜 수 없는
작별의 눈물, 비가悲歌에 날려 보내자

이미 깊은 심연으로 불려 간 우리의 절망,
부서진 사랑의 나래를 퍼득이며
회복할 수 없는 옛날은 차라리

지옥의 겨울로 날리자

열화熱火의 음률音律
— 베토벤에게

‥머물러라‥, 머물러라!
늬 엄숙한 변조變調 자재自在로운 음률,
내 심이心耳에 시내치는 열화熱火와 교향交響하며
뭇꿈을 감도는 장엄한 여울!
이 순간의 황홀을 머물게 하라

스스로 번민하고 뉘우치며 흔연히 일어서는
인간의 가슴 주저없이 희원希願에 열며, 울리는
열렬한 확신의 불!
히말라야 산령山靈 겹겹이 전율하는 굉음인가
목숨이 이제야 도도히 굽이칠 여명으로
사랑과 지혜와 환희를 흔들게 하라

이는 온누리 가슴 터지는 신의 축제에
피보라 치는 보랏빛 불의 입김!
바람과 바람에 표표히 기旗처럼 안기며, 날리며
인도하는 만유萬有의 장중한 악장!
태초의 첫 가슴에 지닌 하늘의 음성을 나는 듣노라

머물러라! 머물러라! 열음熱音의 폭풍이여

가까이 머얼리 협주協奏되어 비끼며 승화昇華하는 고
조高調야말로
　　그대 음악의 동결일지니 이는 울부짖는
　　작열의 아수라阿修羅인가, 찬연한 음률의 나이아가라!

　　머물랴 멈출 수 없는 바람의 정精인 양 아직 모르는
　　심연에서 울리는 천년의 신운神韻을 휘어잡고
　　인간이 지닌 첫꿈, 한량없는 인생을 동경하여
　　진리에게 어디까지 피로써 추구하며 운명을 넘어
　　일체를 해탈하여 신에게 귀의하는 경건한 선율.
　　온 세기世紀에 곤비困憊한 시인의 조언助言이 되라

　　끝내 완성으로 눈물겹도록 이루어질 바램.
　　인류의 영원한 불의 음률은 그대 있음으로 말미암아
　　찬연한 무지개처럼 구원久遠하리라
　　베토벤, 베토벤이여

만년晩年의 공자孔子

1

안개처럼 저녁노을이 망막하게도
칠십인 노성老聖의 고독을 대한다

온갖 고난을 벗삼아 지향한
동서남북 기산하幾山河
주변 천하周邊天下 십사년

하늘 우러러 혼魂의 목소리는
어둠에 사라져 가는 강물 위에 빗기며 한량없다

── '흘러가는 것은 이러한가
낮밤을 가리지 않으니'
일보일보 정진하며, 지양에서 지양으로
마침내 목적의 나라로 도달한
긴긴 영탄永嘆은 그지없이,
완성한 노성老聖의 눈물 속엔 끝없는
하늘의 별빛이 어리어선 시내쳐 저문다

2

침묵은 별인가. 혜지慧智는 흐름인가……
바람결 새의 가슴처럼 열렬히 쉴 새 없이
제자들은 임따라 진리의 요람으로 나래친다

그 어느 날 사양斜陽처럼 그들의 얼 속에 스며선
여영余映을 짓고 표연히 떠돌아 울려 가는
노성老聖의 생명의 목소리!
── '인자仁者는 고요…… 인자仁者는 영원이다'

마치 황혼이 물결의 애끓는 사연을 들으며 저물듯이
  지나간 계절들이 노성老聖의 눈앞에 서리어선 흘러간다
  몇 번이나 죽음과 신산辛酸의 고비를 넘었으며
  아무도 받아들이지 못하는 고고孤高에 처절한 가슴의
여로旅路.
  정녕 길은 가까이 있기에 님은 말없이 음부淫婦 '남자
南子'의
  뒤마저 따르던 눈물겨운 그 심회心懷
  진정 뉘라서 알 것인가
  ── '나를 아는 것 오직 하늘뿐'

이미 신의는 땅에 떨어지고
덕을 잃은 중화中華의 제국諸國은 절망의 단애斷涯.
노성老聖의 탄식은 꿈이 꿈결에 휘돌듯이 새여 감돈다
──'봉황도 오질 않고 용도 나타나질 않는다'
지친 기세월幾歲月 허전히 돌아가는
고국은 구름 밖에, 산하 임의 눈을 가로막을망정
제자 삼천三千, 배우고 즐기는 모습 아련히 떠오르고
피안엔 경건한 승리의 음성처럼 바람이 인다
끝내 흐느끼는 마음은 초극에 구을리는
자위自慰의 목소리!
──'자로子路여…… 뗏목이라도 타서 바다에 뜨랴!'

3
노성老聖은 그 어느해 사로잡혀 쓰러진 기린을 보고는
자기의 길이 끝났음을 비통하여 목메어 울었다.

유성처럼 스쳐가는 찰나의 빛나는 모습들
문하엔 옛날의 그립고 미더운 제자들, 지금은 간 데
없다

심혈을 기울여 엮은 춘추春秋만이 행화杏花 곁에 슬기
롭다

　가슴 터지는 슬픔의 슬픔
　그렇게 사랑하던 안회顔回도 가 버리고
　아들도 자로子路도 모두 한 잎 한 잎
　가지에서 떨어지듯이 사라져 갔다

　천애天涯의 외로움처럼 자꾸만 고적하여지는
　백세百世 인류의 교사는, 이제야 혼연히
　최고의 말이 무언에 있음을 계시하며
　노성老聖의 혼은 마침내 하늘에 귀의歸依하고
　상승하며 융합하여 갔다
　아 거룩함이여, 임의 말씀.
　──'하늘이 무엇을 말하랴'

　노성老聖은 이미 완성한 크나큰 자유인.
　──'칠십에 마음의 바라는 대로 따르며
　법칙을 넘지 않는다'
　꽃·새·바람, 훈훈히 능라綾羅에 지저귀는 사월.

증철曾哲의 '모춘暮春 노래 속의 귀가歸家'에 탄식 지
으며
노성은 노쇠한 몸을 지팡이에 의지하여
서서히 문전을, 옛날 그리며 소요하였다

수심을 초월한, 절망에서 비약하는
임의 최후의 노래!
──'태산은 무너지려는가, 양목梁木은 쓰러지려는가,
철인哲人은 병들어 가려는가'

성야聖夜의 헌장獻章

이는 뭇사람의, 신神을 알고
열렬히 그를 믿으며
영원히 그의 사랑에 돌아가는
세계의 성야聖夜일레라

온누리 창세創世의 노을 보듯이
울렁이는 가슴마다 부르는 소리 있어
베들레헴 먼 먼 종마다
만물에 열렬히 기원하고, 찬미하며
울려 간 환희의 목늘임!
이 밤, 하늘은 눈 내려 축제의 노래를 은銀보래 쳐라
작열에 곤困하시어, 사랑에 지치시어
하늘 땅 스스로 노래의 불은 한량없이
다그치는 교향交響…… 산타마리아!

마굿간 하이얀 염소, 빛이 겨운 풀내음.
만천滿天 시내치는 별들의 호롱불 굽이 감아
나직이 노래 흔드는 그 경건한
푸른 기도, 가까이 나는 있어라

할렐루야, 할렐루야, 기쁠세라 할렐루야!
이제야 흔연히 종루鐘樓의 음향처럼
임 우러러 마음 가라앉히어 노래의 여운처럼 돌아가리
정녕 신의 성야聖夜는 별의 눈보래인가.
이 몸의 노래는 기도일뿐!

오늘 나의 조국, '동방의 진주'는
붉은 난리에 부서진 통곡의 산하일망정
정녕 임 모서 부활은
꽃처럼 신의 축복에 만발하리니

그 언제나 넘치는 요한의 복음을 울려
누억만년 영세永世를 누릴 임 곁으로
온누리의 목메어 부르는 성가聖歌 드높이
할렐루야, 할렐루야, 기쁠세라 할렐루야!
임 오시는 영광
축제의 은銀보래는 끝이 없어라

백조白鳥의 노래
── 키이츠의 시혼詩魂에

1

호수에 나직이 망막하게도 들려오는 소리 있어
그 소리 따르려니, 아── 따르려니
앞뒤로 부대껴 마주치는 욕망의 여울인가, 나는!

님아. 나의 노래를 비김없이 관절冠絶케 하여 다오
나의 가슴을 촉대의 만가락 불길로 태워 다오

신음에 쓰러지는 병수病獸처럼 애끊는 나의 가슴을
노을빛으로 뜨겁게 안아 다오, 늬 백조의 노래!
님아, 나의 노래를 채색한
날개로 돋쳐 하늘 달리게 하여 다오
너의 하얀, 설백雪白의 님 자취 그처럼
나의 노래를 비김없이 관절冠絶케 하여 다오

2

나는 보노라, 너의 날개 사뿐 흔들어
타마리에의 내음 으르대는 숲으로 연달아
떼를 지어 물결치는 하이얀 윤무輪舞를 추며
나의 변조變調 자재自在로운 악보 위에 헤어져 떠오

151

름을!

죽음처럼 어둠이 휩쓸 나의 지평으로
목메어 달리는 영원의 망향도
애수어린 이 한 노래에 묻혀 있나니

노래의 불 속에 저렇게 목숨의 순간을 다하여,
고고孤高의 너는 목을 늘여 죽어가는가, 백조여
하염없이 머리 숙여 쓰러져 가는 장미처럼!

3
아름다움은 고고한 성자聖者의 가슴인가, 너의 자취는!
아직도 요요히 떠도는 간절한 그 울음소리.
나의 영탄詠嘆에 비껴 가없는 심연의 빛이 되라
너와 나의 목메여 쏟는 피의 독백은!

휘오리치는 비정한 '때의 손'에 흔들려
이 밤 깨어 보니, 내 몸은 스잔한 보료 속에!
늬 소리 들을 길조차 가이없이 다만 울려옴은
무너진 망루에 스쳐가는 처량한 바람 소리뿐……

물 위에 연연, 달 따라 간 이백의 가슴처럼
늬 아늑한 도취에 휘어 젖고,
목숨마다 영원히 어리인 신神의 눈물을 움키며
늬 노래 속에 지향한 나의 전령全靈은,
노대露台의 불빛을 감돌며 너처럼 쓰러지리라

홍흔紅痕

엘리자,
돌아가련도다 추상의 매혹이
상아빛으로 동결된 너의 품으로!

우리가 마시고, 껴안고, 부딪치며, 열이 피던!
우리가 깨물고, 미치고, 시새우며, 죽으려던!

엘리자,
레오의 새벽 선물이 여분의 광란을 꿈꾸는
우리 침실로 오월의 라일락과
우거진 녹색 소나타를 날리면서 ──

엘리자,
나는 다만 바다의 짠 내음과
지쳐 버린 오색 꿈과 그리고 너의 홍흔紅痕이
가슴에 설레여 무늬 짓는 입술뿐이다

이 밤이 새면 회복할 수 없는
뉘우침을 거느리고
엘리자 ── 나는 바다로 가야겠다

꿈속의 이브

이는 태고에 열린 길, 신神의 너그러운 뜻일레라
녹색의 가슴 낙원을 감도는 이브의 젖은 꿈
이는 금단에 손을 댄 원죄의 시작일레라

이제야 열이 피는 목숨의 길, 네게로 가자
불이 이끌어 맞대인 절대의 가슴과 가슴,
바람 흔드는 일락逸樂의 하염없는 손이여
죽음처럼 신神은 말이 없어라…… 이런들 어떠랴

너의 보람은 성좌星座 시내치는 상하常夏의 리릭
마침내 이룩한 염원, 뱅뱅 넋 잃어 이슬졌음인가
열렬한 목마름, 마구 지쳐 숨이 지노라

밤마다 죄화罪火로 이은 길, 새벽이 오기 전에!
그대의 아양 떨며 쓰러지는 보랏빛 육체의 꿈
꽃이냐, 나의羅衣뇨, 재빨리 너의 정精은 스쳐가는가
보일 듯이, 들릴 듯이 그저 안겨 사라지듯이
대기에 스며가는 영원의 이브! 이브여

금강산

금강 일만이천 봉.
새벽 노을에 터져 오는
이 우람한 동해의 악장樂章은
마침내 저렇게 영원히 동결된
나의 인생 그래프!

— 단장초斷章抄에서

7

기념비

대한민국
— 머언 자손들에게

이는 내가 사는 '동방의 무지개',
영원히 부르는 지고至高의 사랑!
이는 만대萬代에 누리는 자손들의 요람,
피로 찾은 불멸의 국토,
오 — 이는 열화의 꿈 도도히 자유를
구현하는 민주공화의 나라일레라

유구의 신시神市 길이 이어받아 부르는 불멸의 이름
압록에서 두만에서 한강, 낙동으로 뻗어
하늘과 다함이 없는 찬란한 왕검王儉의 꿈,
백두 한라 맥맥히 동으로
굽이쳐, 금강 봉마다 겨레의 마음 표상한 그대,
하늘의 뜻으로 은혜하여 이루어진 영원의 조국

그 봉보峰譜 그윽한 억천 빛보래 하늘 열어
은빛 무곡舞曲 만가락 종鐘 속에 태어나
동트는 보랏빛 그대!
우리가 스스로 명명하고 누리며 귀의歸依할
민주공화의 나라, 오 — 대한민국

서라벌 천년의 구슬 피리 동해의 밀어를 더듬어

월하月下 만산滿山 하늘 감도는 고구려의 얼을 지녀,

가장 위험한 가장 허구한 함정을 헤치며

엄연히 일어서 전진하는 새 나라!

세계에 찬란히 금수錦繡로 오색 지어

장엄한 노래는 바람에 흘러 넘치고

뭇새 운韻을 짓는 하늘의 푸른 정기!

어질고 경건한 백성들, 차별없이 미美와 선善으로

진리 앞에 인생을 영위하여,

신神은 보우하며 다함이 없노라

이는 꽃이 되어 말로서 빛이 되는

온갖 다사로운 꿈을 바치어

열렬한 피와 땀과 지혜로 기름질 내 나라!

끊임없는 자원의 동맥을 열어, 산, 들, 바다로

줄기차게 전진하는 협주協奏의 나날,

우리가 현현顯現하고 자손이 그를 이어 역사는 그를
기록하리니

그대 불멸의 여명으로 밝아 오는

이 거룩한 광영의 장엄한 빛보래여,

이는 우리들의 주고받을 어휘, 님 향한
피의 용솟음치는 거레의 영원한 가슴일레라

골고루 돌리자! 수력水力과 불의 협주協奏된 원동력
흙내 자욱한 삼천리 노래 속에 금빛지도록!
일출 동해, 희망의 밧줄 당기며, 당기며
너와 나의 으르대는 푸른 꿈, 좋아 울려라
그대 위해 다시 아까울 리 없는 이 거레,
대대 이어 영영 불변함이니
천추에 길이 빛날 어머니의 나라,

세계에 관절冠絶하라 대한민국

수도首都 환상곡

어서 오랜 비원悲願, 월계月桂로 엮어질
민족의 세찬 피의 개선문은 서라
운하로 굽이칠 한강은 베니스의 배우자配偶者.

남산 귀 기울여 인왕 소곤거리는 파상波狀 케이블카—
건국, 승리의 기념관 의젓한 안개 너머로
그 언제나 만국기 머리 숙여 사무칠
유엔 전사자의 초혼비招魂碑는 우뚝 솟아 있으리니,
북악 다리 굵은 원주圓柱에 아로새길
고전의 파노라마— 이는 한국의 파르테논
장충은 조국을 빛낸 거룩한 영혼을
경건히 모시는 우리들의 웨스트민스터—!

구름 나직이 비가悲歌를 몰아 낸 명동明洞은
문화의 기수로 초대될 시인들의 '몽마르트르'!
충무와 종로 무르녹을 네온 오색 속에
내일 무수히 베풀어질 8월의 서울제祭.

저기 쪽빛진 미래! 아담한 맨해튼은 서라,
도, 레, 미, 파 연연 일주일의 안테나, 젊은 가슴마다

밝히는 화촉華燭의 에어포트, 만엽萬葉 우거질
가로수 그늘은, 진달래와 마로니에 만발할
룸바의 거리. 백년 하루처럼 스쳐질
오페라와 무도회!

나날이 우이동牛耳洞 지쳐 눈부신 만화경 속에
오색은 화포花砲의 구름, 갈채어린 우리들의 올림피아!
넌 구름 밀어 올릴 그네 위, 난 멋진 자전거 경주
바야흐로 백열白熱의 단난에 도취되리니

이리도 축제어린 아벨의 후예들이
유구悠久의 설계 나눠 맡으며, 인간다운 보람 속에
지혜로운 우리들, 시詩의 기폭은 만도滿都에 펄렁이
리라
어디까지나 언제까지나 줄기차라, 수도 배달의 서울!
'동방 바다의 진주'로 불려질 불멸의 고향으로
애무愛撫와 그리움 못 이겨 돌아갈 지붕 밑에서
하늘 나래쳐 지향하는 비둘기 날리자

충렬사忠烈詞
— 춘천 우두산牛頭山에 건립된 충렬탑 비시碑詩

민국民國이여 너의 가장 경건한 가장 가난한 젊음들이
너의 최대 위기에 달려간 그 오빠, 그 임자, 그 어버이
들이
너의 이름으로 피 바쳐 여기 잠드나니
우리가 명명하고 자유와 영세永世를 누릴
어머니인 민주의 나라,
우리의 전취戰取한 만산萬山 바람이 그를 기념하여
전하는 머언 후일,
이들이야말로 너의 가장 열렬한 가장 충실한
구국의 희생이었음을 길이 잊지 말지어다
천추에 부를 너의 만세 오 대한민국이여

효종기도曉鐘祈禱

조상들이 저렇게 염원을 뭉쳐 이룩한
사원마다 열렬히 울려 보내는 지고의 상징!
나의 음성을 바람같이 보내 주옵소서

인류가 스스로 저질러 휩쓸린 전화戰火 속에
차라리 벙어리 된 채로 눌리워 녹슬지라도
나를 죽음처럼 그대로 놓아 주옵소서

도시와 마을 결속된 만방의 기폭들이
저마다 빛보래 찬연히 하늘에 나풀거리며
성좌星座 시내치는 나직하고 따사론 요람!
그 공간에 절대의 나의 위치를 보내 주옵소서

그칠 수 없는 조곡弔哭이 산하 흔드는 두메 어두운 집!
자유에 몸 바친 한 젊음의 피를 이어
그의 혼녀婚女, 마음 바쳐 진정 첫길을 거닌다면
그 축복의 노래 속에 나를 보내 주옵소서

필연 오고야 말 그날, 온 만방의 자유민들이

평화의 이름으로 마구 두드리다가 부서질
이 뜨거운 광영의 목메임! 끝내 희열을 적시며
나래칠 나의 음성을 승화시켜 주옵소서

우리가 신神이라 부르는 가장 가까운
임의 정성어린 음향을 아름 담아서
이 창벽蒼壁의 하늘, 길이 구름처럼 놓여 줄
그 아늑한 손으로 영영 받들어 주옵소서

제헌송가 制憲頌歌

이 마련된 거룩한 자유의 순간에 오라
그대들은 이 엄숙한 씨를 뿌렸으며
우리들은 정성으로 이를 가꾸어 자라게 하며
자손들은 영원히 이를 완성해 거두리라
우리가 스스로 마음하여 선출한 우리의 대표들,
그의 열의, 그의 현명, 그의 정의와 그 결정을 모아
흔연히 이룩한 만대萬代의 율법을 결정하여
여기 선포하며, 이에 경건히 준수하는
이날의 기념 앞에 오라

일체의 암흑과 굴욕과 압박을 물리치고
폐진廢燼 위에 과감히 일어선 불사조의 새로운 노래를
역사는 기록하여 도도히 전진할지니
우리는 부르리라, 우리가 나라의 백성된 이름으로
명명하고 평등히 자유와 이상을 구현하여
길이 누리는 민주공화의 나라!
그 언제나 우리 가슴마다에 조국의
찬란한 역사를 그리게 하라!
우리는 가슴의 불을 더불어 위대한 사랑을
감촉하여 이 지고至高의 표상인

제헌制憲의 이 날을 구가하리라

이는 우리가 우리의 가장 양심에 의한
가장 진지한 가장 강건한 인간의 이상을
갈망하여 제정된 혼의 노래일지니
우리의 다함이 없는 발전과 전진을
믿음하며 인도하는 불멸의 기旗여!
그는 그윽한 종鐘 속에 진리와 함께
어디까지 지향하며 광명을 맞으리라

우리의 하늘, 바다, 국토와
우리로 하여금 자유에 돌아가는
완전한 정열과 꿈과 질서의 요람 속에
우리는 이를 지키며 이에 행동하며
목숨으로 길이 받들리니

이 마련된 거룩한 자유의 순간에 오라!

기旗여 영원히! 별처럼 영구히!

　동방 바다의 이슬져 오랜 나의 님 무지개의 나라여
　우리의 팽배澎湃하는 아사달 왕검王儉의 꿈 동결된 우리의 국토여
　그대 찬연한 진주의 가슴, 우리가 명명한 어머니인 민주공화국!

　불의 윤무 은빛진 나래의 협주協奏와 더불어
　만방에의 선언은 우리 종鐘 속에!
　광영에 흔드는 우리의 기폭, 시내쳐 감도는
　보랏빛 무한의 제전이여

　이날, 너의 나직한 시인詩人을 하여금 송영頌榮에 넘치는 신神의 조언助言을 부여케 하라
　같은 말, 같은 피, 같은 거레 서로 협동하며 평등히 누릴 자유의 헌장!
　영겁히 구별없는 인간다운 보람, 하늘은 은혜하여 오곡을 무르익게 하라

　열렬 결속된 피와 피 맥맥히 진동하여 제신諸神은 이 성좌처럼

찬란히 빛나는 심원心願의 나라에 해보다 뜨거운 수언
壽言을 울려라

신神이여, 어진 백성들에게 그들의 정당함을 깨닫게
하여
감연히 일어서게 하라! 몇 번이나 세기世紀의
시련을 초극하여 원수와 맞서 항쟁하는 자유민에게,
민국民國이 눈물로써 기념하는 이 비분悲憤의 언덕에
상록의 피안을 열게 하라

폐진에 첩첩이 기아와 굴욕, 갈갈이 부서진
나라의 마음 가실 줄이 없는 통분
우리의 잃어진 북녘은 애소哀訴에 목을 늘여
산하는 통곡에 잦아 있노라

갖은 학살과 착취와 나락奈落에 휩쓸린 원한은
강물처럼 시달리며 말없이 흐르도다
멈출 수 없는 누님들의 애읍哀泣의 울부짖음, 산하를
적시는
저 크레믈린에 유린된 우리의 북北으로

찬바람 스치기 전에 열풍처럼 만마萬馬를 구르며 새벽에 가야겠노라

몇 번인가 우리의 희생들이 피를 넘어 이은 영원의 나라,

오── 꿈 많은 동방 바다의 진주!

어서 기쁨과 노래 이외엔 일체의 오뇌와 슬픔,

물러갈 암흑 샅샅이 몰아내렴!

부활된 인력人力과 기계들의 고조된 교향交響은 과학의 피 되어

산하는 신생新生의 목을 울리리라, 어디까지

기름질 이 나라, 천추의 빛이 되어 맥동하는 산업의 테노르여

진리와 함께 전진할세라, 미래를 계승하는 기수여, 정진할세라

그러면 만방의 기旗와 어울려 도도히 외치는 민국의 노래를 충천케 하라

내, 여신의 승화하는 꿈속에 언덕을 달리는

하늘에의 나래 돋친 용마龍馬처럼, 사랑하는 조국의

깃발이 지향하는 이 영세永世의 무지개를 찬가하리라

너와 나의 길이 이을 자손들의 고향! 구현하고, 계승하며

푸른 배달의 노래를 바람에 탁하여

이 엄숙한 기념 서막의 예포禮砲에 부치리니

그 언제 언제까지나 목숨 어린 나의 님 민국의 기旗여!

영원히 별처럼 영구히!

민족 부활제 교향곡

1
사슬이 풀리었다고 달례禮야, 일러라
정녕 뼈에 묻혀 죽어갈 무쇠 산산이 끊기어
8월, 우리 임이 부활하였다고 달례禮야, 일러라

겹겹이 뭉쳤던 울분, 마구 희열에 폭포치도록
진정 어버이 목을 놓아 귀 메도록
달례禮야, 어서 해방의 종을 울려라

잔인한 피의 사십 년, 카인의 제국은 물러가고
만가락 하늘 휘덮어 적시는 기旗폭의 바다!
김빠진 이 나라, 바람과 꽃과 꿈을 보내어
영세에 누릴 자유의 요람은 세기의 대열과
함께 도도히 전진하자

녹슨 감상, 찌풀어진 가난, 샅샅이 몰아내어
달례禮야, 새벽을 채색할 우리 부활의 꽃불 날리자
이날 신神이 붓는 만천滿天의 시내치는 별빛 잔은
온거레 광복의 향연을 만세에 기념하는 상징일지니
기쁠세라 진홍眞紅의 8월, 늬 제전祭典에 승화하리라

2

여음餘音 요요히 젖고름 얽어 뒹구는 바람의 리본,

첩첩 노들 금수 놓아 나부끼는 치맛자락,

서라벌 동천을 흔드는 백파白波의 노래는

중천 달 띄워 맑진 고구려의 얼을 불러,

아늑한 청자의 꿈은 백제의 비파를 고루어선,

연연 오천년 이어 감도는 새벽의 금강무곡!

이윽고 팽배하는 줄기찬 영원의 조국, 배달 독립의

선언!

달례禮야, 그 지친 눈물 나에게 마시게 하여라

쪽빛진 바다, 원시 그처럼 무르녹아 노을진

너와 나의 가슴 울렁이는 랑데뷰!

하늘의 푸른 왈츠 나래쳐 울려올 8월의 심포니

오― 천년의 밀어 젖빛진 달례禮의

눈부신 혼례식! 비둘기 떼 지어 날 초대장,

이윽고 오색진 설계의 보랏빛 퇴적堆積이여

달례禮야, 목마른 늬 입술 나에게 부딪쳐라

이리도 간절한 내 가슴 꿈속의 여인이여

나의 노래 고이 묻어 줄 늬 절대의 믿음에서
영영 물러가련도다
제祭는 끝났나 보다, 편히 쉬게 하여 돌아가렴!

한 방울 포도주처럼 이 송영頌榮의 제전에
도취하여 쓰러지는 환희의 빛보래!
길이 솟아라 영원의 파르테논! 내 가슴
불멸의 여운…… 8월의 무지개여

개천성화開天聖火
── 제1서시

1

창운蒼雲 드높이 아침이 밝아 오는 동방의 하늘
찬연히 옥좌玉座하여 비쳐 준 임 계시니
환인천제桓因天帝 어질고 아름다운 빛의 길을
아득한 유원悠遠에서 영세永世에 이은 배달의 후예,
한마음, 한뜻에 살고 지고 길이 다함이 없어라
대대 이을 인간 홍익의 정화精華를 신기神器 삼아
그 아드님 환웅桓雄의 지혜와 바램을 이룩하여
이 땅에 내려, 태백산정 무리 삼천을 거느려
슬기로운 신단수神檀樹 그늘, 신시神市를 배포하여
산, 산, 들, 들, 오곡 무르익어 제천祭天의 가을 드맑아라

천제天帝와 아비의 뜻을 하늘은 보우하사,
우리의 거룩한 조국肇國의 어버이 단군왕검檀君王儉
청자의 빛 이슬져 오랜 해동의 옛 꿈은
장엄히 동방을 텄으니
천추만세千秋萬歲 하늘과 함께 다함이 없어라

2

들릴 듯, 내 심이心耳는 시공을 넘어 귀 기울이노라

임의 마음은 음률짓는 우주의 전아한 성곡聖曲

뭇별은 제신諸神의 축배, 시내쳐 금수진 내 조국!

안개 자욱이 우람한 민족의 축곡祝曲에 이름한 해동신

시海東神市

아 열렬한 만백성의 줄기찬 정신!

염염炎炎 하늘 닿는 태백산 줄기마다 조국肇國의 성화

聖火

하늘 열리어 한량없는 아사달 왕검王儉의 꿈이여

월하만산月下萬山 지축 흔들어 강을 굽이 감아

삼해三海 도도히, 다스리신 의젓한 국토와 겨레

우리가 이 아침 마음 달려 움킬 훈훈한 꽃그늘

달례禮야, 이 구슬 짓는 신화의 선율을 담아

천부의 시월 바람과 더불어 이 영겁永劫한

조국肇國의 선포를 받들어 노래 흔들자

—— 여기 경건히 겨레와 더불어 천제天祭를 올리어

광명과 정의와 은혜로써 일체를 표상하여

아비의 말씀을 가슴에 하늘의 이름으로

민족은 복을 누릴지니 이 성화聖火,

왕검王儉의 피와 마음 바쳐 배달의 영세永世를 계시함이니

그는 하늘 열어, 그는 땅을 금빛 놓아

온 겨레 단일로 귀의할 하늘의 엄숙한

뜻일레라 ──

자손된 보람은 하늘 우러러 기쁘다 불멸의 청사青史는 반만년,

천추에 일어서 이날을 맞아, 전하고 자자손손 길이 빛낼지니

이 성화聖火 새벽이 되어 밀어密語 우거진 무지개의 나라

그 바램, 그 울부짖음은 만세에 불변한 송영頌榮을 우리에게,

유구하라, 하늘과 함께 다함이 없도록!

기미己未 피의 항쟁

......
삼월 초하루, 삼월 초하루, 삼월 초하루
꽃보다 먼저 우리의 기폭旗幅이 피어 올랐어라!
......

염염炎炎이 결정決定의 봉화烽火 피보래친 삼월 초하루
눌리워 뭉친 인경마다 목숨을 굽이쳐
피 휘덮어 적신 진동, 여명黎明아 오너라

얼을 부숴, 뼈를 갈아 찢기며, 날리며,
갈갈이 외치다 쓰러진 님들의 사연이여
'최후의 1인까지, 최후의 일각까지!'

그 언제나 산하 흔드는 진혼의 곡소리,
마지막 잦은 목메임, 신음과 울분에 겨워 터지도록
질풍처럼 무찔러 몰아낸 일본제국주의!

압박과 굴욕, 독재와 유린을 휘몰아
주저없는 확신, 이제야말로
결정하고 현현顯現하고 충천沖天하여 마땅함이니

동방 바다의 불사족不死族, 한량없는 영광을 가슴에

유구히 푸른 슬기 하늘 나래친 우아優雅의 단일單一로
백열의 계승이여, 세계에 관절冠絶하라

누억년 고쳐 죽어 다시 엉바위 될지라도
민국이여, 네게로 돌아갈 피어린 만세 속에
 ·1의 자세로 겨레 만대의 가슴 흔들게 하라

민족의 민족을 위한, 절대 민족의
정당한 자유와 영세永世를 위하여 나갈진저,
'최후의 1인, 최후의 일각까지!'

제화祭火

사라沙羅, 밤은 새었나 보다
빨리 가자, 지금은 8월 동천홍東天紅.

우리가 궁글며 쓰러질 제화祭火와 더불어
만천滿天 별들의 향연은 열렸나 보다

만가락 기旗들이 날리는 바람의 푸른 왈츠,
영원히, 영원을 울려올 8월의 인경 소리,
사라沙羅, 새의 가슴처럼
영광에 지친 화하花河에 흘러가자

꽃과 별의 가슴 울렁이는 세월의 피앙세!
천년 은보래 칠 이 제화祭火의 통로로
사라沙羅, 새벽을 열어 불의 정精처럼
우리의 상아해안象牙海岸으로 달려가자

사라沙羅, 바다 살결의 내음은
우리들의 꿈 많은 8월의 리릭!
항시 바람처럼 마련된 정염의 바다를 거닐며
조상이 부르다 가버린 마음의 향가鄕歌 울리자

사라沙羅, 너의 동해, 오랜 백파白波의 음조는 한량없
도다

낙랑樂浪 가슴 지닌 우아優雅의 북소리는 동방의 가슴,
만고의 정精을 흔들도다

금강 오색진 천부天賦의 심포니, 하늘은
구름의 비단 옷자락, 서라벌 축제의 노래
낮밤을 으르대어 지쳐진 윤무輪舞!
백제는 달 아래 애련愛戀의 비파 가락마다
고려 청자의 꿈을 물결치리니
사라沙羅, 이는 우리가 얽는 어린애의 가슴,
만발한 꿈속에 쪽빛진 너와의 협주일레라

그윽하게도 마음 스스로 열어 듣는 나직한 소리
들리지 않는 미美한 노래는 정녕 흘러가나 보다
빨리 가자, 지금은 8월의 축제.

거리로 마을로 이리도 눈물겨운 불멸의 기념비.
베 짜는 우렁찬 기계와 땀 배인 해머에
그립고 정다운 우리의 리본을 날리자

군악軍樂처럼 즐거운, 철鐵의 백합들!

사라沙羅, 마침내 제화祭火는 올려졌나 보다
연달아 희열喜悅을 울리는 8월의 눈부신 악장樂章
간간이 운韻을 밟는 너와의 그윽한 종소리!
사라沙羅, 마지막 제화祭火의 불빛처럼 타고 말자

진혼鎭魂의 노래

― 6월 6일 현충용사 영전에

길손이여,
라케다이몬 겨레에게 전해 다오
여기에 님들의 사연을 받들어
우리는 누워 있노라고
― 시모니네스 作

하늘 울리는 만첩의 사연은
님들의 혼을 부르며 하염없노라
온겨레의 이름으로 누워 있는 산야에서
이날, 조기弔旗 하늘 덮는 나라의 기념 앞에 오라
목놓아 애끊는 애곡哀哭 소리
님들은 듣는가,
그 오빠, 그 임자, 그 어버이들이여

불러도 올 수 없는 이름을 목메이는
어머니의 그 처절한 울음을 멈추게 하라
발버둥치며 소매를 적시는
누님의 그 애절한 눈물을 멈추게 하라
땅을 치며 미치듯 읍소泣訴하는
아내의 그 비통한 곡哭소리를 멈추게 하라

비원悲願에 저무는 나라의 마음,

산하는 저렇게 통곡에 잦아 말이 없노라

얼마나 별 밑에 가고픈, 고향엔 젖빛 구름.
그대가 조국에 맹세하던 옛집에서
등하燈下 외로이 아내는 베를 짜고 있어라
맑은 시내 달무리 부서지는 버들피리,
노래에 감도는 아이들의 강강술래,
그대의 피 흘린 흙에서
싱싱한 오곡은 저렇게 푸르렀노라

그대 민국民國의 것이,
영원히 사랑의 그 이름을 수호함이니
어머니인 우리의 산하는 자손들이
역사에 기록할 님들의 혈맥, 겨레의 언어!
죽음으로 휘어올린 자유의 깃발은,
우람한 종鐘 속에 새벽을 펄럭이는도다

이제야 흔연히 님들이여,
마음 가라앉히어 눈을 감으라!
민국民國의 최대 위기를 건져 주었음은

민국民國의 가장 경건한, 가장 가난한,
님들의 필 바친 충렬이었음을
온겨레는 자손만대에 전하여 아니 잊으리라

고이 잠들라, 불멸의 영령들이여
마음 바친 민국民國의 기旗와 더불어
영원히 지켜주시라, 이 땅을!
별처럼, 언제까지나 그 언제까지나!

민족 투쟁의 노래

일찍이 서약을 배반하여 무너진 국경으로
이제야 우리들, 밀집密集의 대열을 지어 쳐들어갈진서……
정의와 희열의 용사여! 우리의 전사자와 더불어
깊은 라인강물을 움킬 그날까지,
아 우리의 목은 마르리라!
　　　　　　　── 프랑스, 폴 클로델

염원과 애소哀訴 가실 줄이 없는

대동강 비분의 곡哭마저 빼앗겨 굽이 칠백리!

아 어찌 잊으랴 항쟁의 나날

진리와 함께 전진하며 쓰러진 자유의 전사들

폭풍처럼 적구赤狗와 맞서 만세의 피는

동결된 전진을 굽이쳤노라

비록 원수에 찢기어 뭇 산山 해골이 될지라도

평양, 의주, 남포 이윽고 함흥, 청진

곳곳에 멸공항쟁의 피바다는 휩쓸지라도

온겨레의 이름으로 배달 영세永世의 신시神市를 기록
함이니

부르며, 불리우며 형제들의

울부짖어 피 뿌리는 아비규환

짓밟힌 골짝마다 붉은 독재의 앞잡이로

에미를 쏘고 누나를 팔아 유린된 조국은

시산屍山에 혈해血海 치는도다, 처절한 산하의 애소는 마침내

아——

우리 가슴에 역습의 불을 질러

육탄肉彈은 질풍처럼 피보래 쳤노라

이제야 무엇을 주저함인가 멈출 길이 없는

천추의 원한

때가 오면 흔연히 일어서 조국의 만세 속에

자유의 기수여 이제야 노도처럼 원수를 쓸어내어

빼앗긴 조국을 펴자

민국民國에 나고 민국을 받들어

민국에 바칠 우리들,

마음한 영겁의 결정! 동해는 하늘에 팽배하라

봉峰마다 줄기차게 뻗쳐 봉화烽火 첩첩 끓는 무쇠가 되어 맥동하리니

피 철철 굽이치는 비창悲愴한 강을 넘어, 나두야

원수의 숨통을 겨누어 두고 온

어머니의 북北으로 가야겠다

가신 님들의 그 피의 만세는 우리 가슴에,
길이 울리는 여명의 종鐘이 되어 원수를 무찔러
북진하는 진격의 나팔이 되라!
통일을 전취하는 승리의 나팔이 되라
그러면 흔연히 너는 서라!
눈물과 읍소泣訴 위에 열화처럼 너는 서라

가신 님들이 잠든 그 흙 위에 우리 쓰러져
다시 엉바위 될지라도
변함없는 민국民國에의 충실을 자손 만대에 전하올지니
서라! 자유의 겨레들이여
민국民國의 기旗와 더불어 그 언제까지나
열혈熱血의 결속은 적구赤狗를 무찔러, 짓밟힌 우리의
북北을 탈환할지어다
내 조국과 내 겨레와 내 자손들의 이름으로
삼천리에 크나큰 새벽이 다가올 때까지!

열도熱禱

결단코 굽힐 수 없는 내 목숨의 노래,
피의 노도怒濤와 휩쓰는 질풍처럼
온 거레 부활의 봉화가 되어 충천하리라
그러나 오늘은 고독한 목소리!

울부짖는 포효, 외쳐 외치는 만세 소리
이 거레 새벽으로 질구하는 만마萬馬처럼
그 한 가슴, 내려 쇠치는 폭포가 되라

얽힌 피바다 달군 무쇠 열을 녹여
일만년 굽이칠 열도熱禱여!
제신諸神의 분노와 더불어 피의 열풍은
산산히 부수며, 날리며, 휩쓸어, 진동하라

끝끝내 닿을 수 없는…… 나는 질풍노도의 시인
부르다가 이대로 갈갈이 흩어질 통곡은
불을 질러 바다 차라리 가물지게 하라

헐벗은 호곡號哭의 골짜기 메마른 황토 위로
하늘이 무너져, 뭇 산 해골이 될지라도
주저없는 민족의 결정, 감히 굽힐 수야 있으랴!
흐르는 한강, 남으로 불의 열도熱禱를 교향交響하여
낙동洛東, 그대로 현해玄海 여울에 우레치며

하늘 마구 떠받고, 달무리 별처럼 부서지게 하라

흘린 피 정녕 스밀 데야 있고 없고,
우리가 바람보다 가벼이 스쳐질 너에의 영세永世를
위하여!
조상이 피로써 울리고야 만 단 하나의 기旗폭 아래
억만년, 이대로 한국의 품 안에 나를 있게 하라
온갖 곤비困憊의 퇴적堆積마다 죽음의 참호塹壕가 될
지라도
기어코 역습처럼 불멸의 진리는
우리를 이끌어 질주하리니!

너의 가장 미더운 피앙세처럼 보다 진지하게,
보다 열렬히, 즐겁게 바치울 목숨,
찬란히 움키는 오로라처럼
신神의 안식도 다가오리라!

이제야 아무도 막을 수 없는 피의 방파제!
우리의 희생마다 소낙을 뿜어 겨레 만대의
불멸과 더불어 오라! 죽기로써 원수의 심장을 겨누어,

민족의 정당함은 일체의 사악을 불살라
염원의 아침을 맞을지어니

그 언제나 붉은 독재와 제국을 휘몰아
우리 통분의 비극 되풀이 없도록
보람은 무찔러 마땅함이로다

하늘 푸르이 동방에 해 솟는
서라벌 김유신의 나라여! 얼 토해 비친
고려 님 향한 정몽주의 나라여!
충렬은 목숨 바쳐 세계에 관절한 사육신의 나라여
몇 번이나 기적처럼 원수의 탄우彈雨에 초연히
일어선 어머니인 우리의 조국!
그대 만방에 찬연한 영원의 민국이여

천년 울분이 고여 서린 이 비창悲愴한 나라의 마음,
가슴 터지도록 마지막 부르는 염원의 하늘이여
이 목숨 어린 단애斷崖의 절망을 내려다보라!
하늘마저 저버리면 차라리 쓰러질진저!
어디까지 항쟁하며 현현顯現하며 길이 누릴

목숨의 나라! 세기의 폭풍과 맞서
주저없이 일어서, 뭉쳐, 도도히 구르며 나갈진저!

배달 민족이여
배달 민족이여

열망

— 육사 졸업식 전에

그 '지智 · 인仁 · 용勇' 세계에 관절冠絶하라
태릉泰陵의 별들이여!
나의 보잘것 없는 노래를 지난 날 님들은
만뢰萬雷의 음성처럼 불러줌이니, 님들이 부여한
그 영원의 감격을 여기에 기록하여,
이날 님들의 광영에 빛나는 졸업식 전에,
내 경건히 노래하여 마음의 꽃다발로서 바람에 부치노라

얼마나 열망한,

얼마나 절실한,

얼마나 충천한,

이 땅 이 겨레의 보람이었던가!

태릉의 별들이여

정녕 그대들, 이때처럼 조국에

마음 열렬히 바친 적은 없었으리라

민국民國의 이름으로 염원하고 맹세하고

길을 찾아 추구하고 고민하던 기성상幾星霜!

청청한 여름이 그대들을 전송하는 태릉 벌판

그는 그대가 벗처럼 심원心願한

그대의 피끓는 호흡!

그대의 불멸의 상징, 그대의 영원의 결정!

변함없는 민국에의 맹세에
살며, 마음 바쳐, 떠나는 그대들—
바람처럼, 저— 우거진 모교母校의 숲을
뜨거운 눈시울로 고향이라 부르리라

신神이여, 이들에게 조상의 유덕遺德을 받들게 하여,
이들의 헌신의 불꽃을 축복하라!
영원히 민국에 몸 바치기 위하여
이들의 가장 마음 구석에 맥동하는
그 열렬한 의무와 명령을 따르는 정신을
온 거레로 하여금 노래하게 하라!

그대들의 행동은 그 언제나
고요한 희생의 아가雅歌!
그는 민족의 혈맥에 머물어, 울리고, 충천하는도다
그대들 불사不死의 목숨이여!

그대들의 형자形姿야말로
무쇠같이 뭉쳐진 우리들의 염원!

나라의 의지意志는 길이 세워졌도다

그대들의 그 열렬한, 그 거대한 꿈속에
순수한 조상의 꿈이 구현되노라
온 겨레의 확신인 님들의 모습,
우리의 별들이여
태릉 벌판은, 그대들의 모교母校는……
그대들 상념 속에 깃들이는 관용의 어머니!

우리의 푸른 정의征衣는 보라! 원수들의 비참한 학살
속에서도
어디까지 감연히 결합된 겨레의 혈하血河를!
그대들은 자유민족의 나무에 익어가는
영원의 과실! ……시인이여, 찬가하자!
불멸의 민족과 국토. 피와 운명은
초연히 수난의 역사를 뒤로
그대들 천년의 꿈은 완성하고, 구현하고, 영원함이니!

'백사百死 고쳐 쓰러져도 육사혼陸士魂이야 가征고 오
지 않으리, 오질 않으리'

8
설야雪夜의 장章

나의 노래는……

당신이 나의 노래를 물으시면—
아침 하늘 가득히 노을이 피어오르는
동해 바다의 오색진 그 정서에
울렁이는 우유빛의 가슴을 생각하여 주십시오

천변川邊의 황혼 아련히 보랏빛에 씻기어
일어나는 첫별의
밤을 여는 노래를 생각하여 주십시오

산골짝 외로이 밝힌 등불에
상사相思의 가슴 비끼는 머언 메아리처럼
송림松林 흔드는 그 바람 소리를 생각하여 주십시오

바다의 신부新婦처럼 중천에 달이 밝으면
새하연 박수 홀연히 부서지는
그 여름의 파도소리를 생각하여 주십시오

나무

들릴듯이, 들리지 않는
저렇게 조초로운 자세 속의 선율이
나직하게 바람을 일어 승화한다.

화염처럼 치솟는 수심樹心은 뿌리 깊이 뻗어
만엽萬葉에 스미는 스스로의 화려한 체념!
나무들은 그 언제나
저마다의 고독을 대하면서
말없이 자신을 믿으며 살고 있다
나무여, 나의 노래에
너와 같은 인내와 믿음과 기도를 주라

바람의 애무에 적시우면서
하늘 지향하는 새들의 휴식을
노을빛 속에 초대하여 저무는
이 우람한 협주協奏의 여울!

소나무, 잣나무, 느티나무라 외롭게
부르지 말라 분별에 지나지 않는 이름을!
그들은 이곳에 정주定住하는

차별없는 동포들이다

무수한 빛발이 지나는
밀어密語의 강을 이루우며 그들은
서로 동경으로 접촉하고 있다
나무에 대한 나의 죽음에의 향수!
저 꿈속 같은 공간에서, 나의 노래는
세월의 고적한 여운에 지나지 않는다

풍매風媒의 기쁨으로 해마다 우거지는
나무들의 아늑하고 줄기찬 영위營爲
그들은 이 지상에서 가장 성스러운
'존재'를 의미하는지도 모른다

인간이 자랑하는 시詩보다 아름다운
그들의 그윽한 오후의 대화들이
오늘, 여름을 불러 가지마다 더욱 푸르다

우리들이 제멋대로 이름한 나무와 나무,
하늘의 침묵처럼 슬기로운 그의 계시啓示!

나무는 정녕 신神의 이름인지도 모른다

설야雪夜의 장章

새하얀 장미의 탄식과도 같이
눈 내리는, '마리아'의 밤!

옛날의 그이를 사모쳐
새하얀 공간에 가득히
그려 놓은 새하얀 그림들이
일시에 무너지듯이
눈이 내린다 눈이 내린다

가涯 없는 추억을 묻히고
밤을 묻히고, '청춘'이 작별한
나의 마음을 묻힌다.
밤이 새도록 쉴새없이
머언 그이의 사라진 발자국처럼

꽃과 나비와 낙엽들의
쓰러져 하염없는 사연처럼
눈은 내 고독의 숲을 내려 쌓인다

……아 이러한 밤에

'예수'는 태어났는가!
바람들이 남기고 간
이 새하얀 영원의 여백.

하늘과 땅이 융합하는
그 설백한 사랑의 노래는,
그지없는, '운명'을 우는
나의 혼을 가란치우며
세계를 덮는다.
……눈 내리는 밤에

낙조落照

5분──

머언 훗날, 우리의 인생도 저렇게 노을지리라
머물러라! 우리의 현란한 꿈이여
밤을 여는, 이 장엄한 제례祭禮에
태초의 장미빛 축언祝言을 울리자
……제신諸神들은 아무런 대답이 없다

4분──

점차로 격조激調하여 스미는 태양의 소나타!
산상의 첫별은 아직 보이지 않는다
간간間間의 종소리! 그 여운餘韻은
나의 사화집詞華集 맺음의 구점句點.

3분──

포도주. 난취爛醉. 지쳐 버린 애욕
처절하게도 망각에 휩쓸리는 연인이여
미치듯 애끓는 너의 소원은 저곳에!
밀어密語들이 나부끼며 흐느끼는 여영餘映.

2분──

……진홍眞紅의 현훈眩暈.

어쩔 수 없는 거리距離여

몸부림치는

화려한 절망

1분──

그 어느 날 죽음의 승리처럼……

결정!

아── 영원永遠의 법열法悅.

단장초短章抄

아지랑이
구름에 닿으는 종달이의
만가락 피리 소리……
한나절 메아리치어 오나 보다
청맥青麥을 헤젓고 하염없는
백만의 백사행白蛇行!
머언 날의 불꽃의 환상처럼
아지랑이, 하늘에 오른다

동천홍東天紅
애인아, 새벽 바다로 뛰어나와
노을빛 웃음짓고 오라
우리가 하늘 달리며
채색한 뭇꿈이 열리듯이
애인아, 노을빛 웃음짓고 오라
구름의 장미는 너에의 마음 다발,
바다는 울렁이는 너의 젖가슴!
애인아, 재빨리 내게로
새벽처럼 오라!

── 지금은 동천홍東天紅.
그리고 너는 나의 새벽 노을이다

전설(A)
……명재明宰야, 길손이 독산禿山에 대하여
군이 묻거들랑, 이처럼 일러라

동해의 노을이 가기 전에!
신神은 산을 비어, 해변가 그 황홀한 꽃 곁에
한나절 졸고 있었습니다.

봄날.

진달래 사랑의 화염에
열을 못 이겨 타 버린 나무는
푸른 안개 속에 승화하였습니다

동방서시東方序詩
나의 님 오월이 오면 꽃보래 연연,
우짖는 종달새 나래 위에

만천滿天 별이 시내치는 하늘에 안겨
지금도 동해의 백파白波 귀에 속삭이며
그 그지없는 님의 노래 가슴 흔드는
동방 영원의 나라!
언제나 언제까지나 나는 너의 것으로 빛나리라

낭만적 실존과 관절冠絶의 사상

—— 공중인 시전집 『무지개』

낭만적 실존과 관절冠絶의 사상
—— 공중인 시전집, 『무지개』

이재복(문학평론가, 한양대 교수)

1. 기억의 오류와 정열의 현존

공중인孔仲仁은 1925년 함경남도 이원利原에서 출생해 1965년 간암으로 서울의 한 병원에서 생을 마감한 대한민국의 시인이다. 이 40여 년은 시인의 뜻을 펼쳐 낼 창작 기간으로도, 한 개인의 삶의 기간으로도 너무도 짧은 시간이었다. 이 시기를 살다 간 혹은 살아 낸 많은 문인들이 그러한 것처럼 시인 역시 식민지와 분단, 그리고 전쟁이라는 시대적인 상황과 실존으로부터 자유롭지 못한 삶을 살았다. 시인은 1946년에 월남하여 김윤성, 정한모, 조남사 등과 '시탑' 동인으로 활동하였고, 1949년 《백민》 3월호에 「바다」, 「오월송」을 발표하면서 정식으로 등단하였다. 그후 소설가 최태웅과 함께 한국문화연구소 기관지인 《별》을 편집하였으며, 전쟁 상황에서는 애국시 낭송과 이헌구, 모윤숙과 함께 문총구국대를 조직하여 활약하기도 하였다. 종합잡지인 《신세기》 편집기자, 《희망》, 《현대여성》, 《여성계》 편집장, 《자유신문》,《삼천리》주간을 역임하면서 당시 지식장의 한 주역을 담당하였다.

시인의 이력에서 알 수 있듯이 그가 정식으로 문단 활동과 창작을 한 시기는 1949년 등단 이후라고 할 수 있다. 하지만 1950년부터 1953년까지가 전쟁 기간이라는 점을 고려한다면 시인의 본격적인 창작은 1953년 이후부터 1960년 이전까지라고 볼 수 있다. 이것은 시인이 남긴 두 권의 시집, 제1시집인 『무지개』와 제2시집인 『조국』이 각각 1957년 1958년에 출간된 사실을 통해서도 알 수 있다. 10여 년도 채 되지 않는 기간 동안 자신이 쓴 시를 모아 상재한 두 권의 시집이 시인이 남긴 유일한 것이라면 일단 양적인 차원에서는 빈약하다고 하지 않을 수 없다. 물론 이상이나 백석, 윤동주, 기형도처럼 살아 있을 때 한 권의 시집도 내지 않았거나 살아 생전에 낸 한 권의 시집이 유일한 시집이 되어 그것이 우리 문학사에 길이 남을 수작으로 평가받기도 하지만, 이것은 어디까지나 극히 일부에 해당하는 예일 뿐이다. 가장 이상적인 창작의 모습은 일정한 시간의 흐름과 여기에 대응하는 시적 주체의 의식과 세계의 변모 양상을 총체적으로 드러낼 때이다.

이렇게 양적·질적 차원의 깊이와 넓이의 정도를 충족하게 되면 그 시인의 시는 자연스럽게 문학사의 한 장으로 편입될 가능성이 크지만 여기에서의 문제는 그것들의 정도를 판단하는 주체의 기준과 태도에 따라 얼마든지 달라질 수 있다는 점이다. 특히 질적 차원의 문제는 판단 주체의 취향이나 가치관은 물론 그가 처해 있는 시대적인 혹은 현실적인 상황에 의해 일정한 변화와 변모의 과정을 선명하게 보여 주고 있는 것이 사실이다. 우리가 흔히 '문학사'라고 할 때 이 개념과 범주 내에는 이런 기준과 태도의 문제가 늘 도사리고 있다고 볼 수 있다. 문학사에서 배제되고 소외된 문학이나 문학 작품이 가치와 의미 면에서 절대적인 것이 아니라 상대적일 수밖에 없는 이유가 바로 여기에 있다. 이런 점에서 문학사에 기술된 내용 자체를 절대시하는 것은 위험할 수 있다. 그동안 문학사 기술에 대한 위험성에 대해서는 적지 않은 논의가 있었으며, 다양한 버전의 문학사가 씌어진 것이 그것을 잘 말해 준다.

그러나 문학사 기술에 있어서 다양한 관점과 시각이 전제되어야 한다는 인식이 널리 확산되었음에도 불구하고 한국문학사의 경우 여전히 민족, 근대, 리얼리즘, 민중 등과 같은 이념이 지배력을 행사하고 있다고 할 수 있다. 다른 어떤 이념보다 이러한 가치들이 전경화된 데에는 외세에 의한 근대화와 식민지, 분단, 전쟁을 거쳐 개발 독재로 이어지는 우리의 근대사와 밀접한 관계가 있다. 이와 같은 가치들은 문학의 토대를 이루는 인간의 삶과 역사적 실존으로부터 잉태된 것이라는 점에서 그 의미가 크다고 하지 않을 수 없지만 문제는 그것이 일정한 도그마를 형성하여 지배력을 행사할 때이다. 문학 혹은 문학사를 판단하는 기준이 도그마에 빠지면 객관적이고 유연한 이해와 판단이 불가능해져 그 이면에 은폐되어 있는 의미와 가치를 제대로 드러낼 수 없게 된다고 할 수 있다.

공중인의 시를 이야기하면서 이렇게 장황하게 문학사에 대해 언급하는 것은 시인의 문학사적인 소외와 배제를 전적으로 잘못된 것이라고 비판하기 위해서라기보다는 혹여 문학사적인 이해와 판단의 과정에서 있을 수도 있는 도그마에 대한 경계와 그로 인한 희생양적인 결과에 대해 어떤 개연성과 가능성을 열어 놓고 싶어서이다. 가령 공중인 시인에 대해 한 시인(신경림)이,

> ……50년대에 가장 인기 있는 시인은 공중인孔仲人이라는 시인이었습니다. 신문에 시를 연재했는데 가판에서 그 사람의 시가 없으면 안 팔릴 정도였죠. 그런데 지금 누가 그를 기억하고 있습니까. 그러나 「해바라기의 비명」이라는 단 한 편밖에 남아 있지 않은 함형수 시인 같은 사람은 오래도록 기억될 수 있다는 거죠. 그 이야기는 곧 너무 억지부려서 시를 쓰지 말자는 이야기도 되겠죠. 단 한 편을 써도 좋은 시를 쓰는 게 의미 있는 것이 되겠지요.(신경림, 「어떤 시를 읽을 것인가」, 2004.6.18.)

라고 했을 때 과연 그의 이해와 판단은 어느 정도 객관성을 담보하고 있는가? 그가 공중인 시인을 비판하는

근거로 제시하고 있는 것은 '억지부리지 않는 시 쓰기의 여부'이다. 공 시인이 너무 억지부려서 시를 썼기 때문에 지금 그를 기억하는 사람이 없다는 것이다. 그가 말하는 '억지부림'이 어떤 것인지 명확하게 알 수 없지만 억지부리지 않은 좋은 시로 함형수의「해바라기의 비명」을 꼽은 것을 보면 지나친 낭만성에 대한 경계와 비판이 내재해 있음을 알 수 있다. 함형수의 이 시는 삶에 대한 열정을 쉬운 말과 선명한 이미지의 대비를 통해 강렬하게 노래하고 있다. 그의 말처럼 이 시가 억지부림이 없는 것인지에 대해서는 판단이 서지 않지만 분명한 것은 정열이라는 감정이 '해바라기', '태양', '보리밭'과 같은 질료들에 의해 이미지화되면서 그것이 절제되고 투명해졌다는 점이다. 그가 억지부리지 않음의 의미를 여기에 두었다면 공중인 시인의 시가 드러내는 말랑말랑하고 축축한 낭만적인 감정과 정열은 비판의 대상으로 존재할 수밖에 없을 것이다. 하지만 그와는 달리 또 다른 시인(김광섭)은,

시를 쓰는 대로 시집이 흘러나오는 중에서 시인 공중인 씨의 시집만은 나오지 않았다. 혹시는 나로서 은연히 기다린 때도 있었다. 한 편의 시로써 그 시인을 만대에 거느릴 수 있으나 한 시인의 면모는 한 시집에서 우선 구현되는 것이다. 그런 의미에서 시집『무지개』는 의미있는 출현이라고 할 것이다.

첫째로 일관하여 강조되는 것은 시편 하나에 나타난 분방한 정열이었다. 그것을 혹시 공허하다는 듯이 논단하는 평가도 있으나 나는 공중인 씨에게 대상을 심미적 감동에서 포착하는 정열의 양이 풍부함을 높이 평가한다. 어떠한 의미로든지 시인이 타고난 정열은 곧 시를 이루는 정열인 것이다. 공중인 씨의 시는 여기에 인용할 것 없이 어느 편에도 그 정열이 넘치고 있다.

다음으로 들 수 있는 특색은 그 정열을 통하여 시혼을 세우려는 것이다. "재빠르게도 순간이 열어 준 유현의 길을 향하여 이제야말로 새벽을 뒹구는 천성의 바다처럼 나의 생애는 재현하고 비약하고 융합하리니"(「푸른 혼가」의 일 절)

이것은 낭만주의 정신에 의한 자아실현이요 순간마다 변용하는 시혼의 세계인 것이다

다음으로 한 가지 더 들고자 하는 것은 이념의 세계다. 그것이 대부분 「기념비」 편에 실려져 있다.

우리가 묵념할 때마다 무엇을 생각하고 고개를 숙이는 것인지 다시 한 번 반성할 때 시인들이야말로 그 근원에 부딪쳐 볼 만한 일일 것이다

고갈되어지는 국민적 정열 또는 민족의 근원적인 것에 부딪쳐 보려는 노력을 위하여서도 그 장점이 재평가되는 동시에 낭만주의 정신이 이 시집을 기회로 독자에게 널리 감상되었으면 한다.(김광섭金珖燮의 「무지개」와 낭만주의 정신,《경향신문》, 1957. 4. 25.)

라고 평하고 있다. 김광섭 시인의 공중인 시에 대한 평가의 초점은 '분방한 정열'에 놓여 있다. 그는 이것을 시적 주체의 대상에 대한 '심미적 감동의 풍부함'으로 높이 평가하고 있을 뿐만 아니라 이것을 또한 '시혼을 세우는 토대'이면서 '국가와 민족의 이념'으로까지 확대 해석하고 있다. 그의 이러한 평가는 신경림 시인의 그것과는 대조를 이룬다. 동일한 시인의 시에 대해 서로 상이한 평가를 하고 있는 데에는 판단 주체의 관점과 태도가 다른 데서 비롯된 결과이지만 여기에서 우리가 중요하게 고려해야 할 것은 공중인의 시가 드러내는 낭만주의적인 속성과 그것의 당대적인 의미이다.

공중인의 시에 대한 김광섭의 고평은 '지금, 여기'에서 볼 때 다소 납득하기 어려운 면이 있지만 조금 시각을 달리해서 보면 이해가 안 되는 것도 아니다. '지금, 여기'에 고정된 시각을 유연하게 풀어 시인의 상상이 발현된 1950년대라는 상황 속으로 우리의 의식을 투사해 보면 그의 평가의 일단을 어느 정도 헤아릴 수 있을 것이다. 우리 문학사에서 보면 이 시기는 전란의 아픔이 내면화되지 않은 것은 물론 외형적인 차원의 복구조차 이루어지지 않은 때라고 할 수 있다. 이것은 이념 자체에 대한 객관적이고 냉정한 판단이 이루어지지 않은 상태에서 이분법적인 증오의 감정이 살아 있던 그런 시기라는 것을 의미한다. 이 시기의 문학이 우편향적이고 지독한 관념과 환멸의 속성을 드러내는 데에는 이러한 시대적인 상황이 작용했기 때문이다. 또한 50년대 유행처럼 흘러들어온 실존주의가 지독한 관념의 상태에서 온전한 방향과 출구를 찾지 못한 채 허우적댄 것도 모두 이와 무관하지 않다고 할 수 있다. 가령 손창섭의 자기 모멸적이고 환멸에 가득 찬 인간에 대한 묘사라든가 장용학의 지독한 관념으로 표상되는 실존은 이 시기 인간과 세계의 황폐하고 질식할 것 같은 상황을 반영하는 초상에 다름 아니다.

어쩌면 공중인의 낭만성 역시 이러한 상황에 대한 절박함이 만들어 낸 아이러니한 세계가 아닐까? 가장 실존적인 절박한 상황에서 낭만을 겨냥하고 있는 것은 일종의 현실 도피가 아니라 온전한 현실에 대한 동경이 아닐까?

나의 이러한 논리가 지독한 궤변일 수도 있겠지만 현실이 하나의 실체가 아닌 환상으로 존재하는 세계에서 현실에 대한 리얼함 혹은 치열함을 요구하는 것은 어쩌면 가혹한 일인지도 모른다. 그의 시에 대한 이런 식의 모색이 그의 낭만성에 대한 부정적인 면까지 모두 옹호하고 지지하려는 것은 아니다. 그것은 그것대로 그의 시의 진실된 모습이며, 여기에서 내가 모색하려고 하는 것은 그의 시에 은폐되어 있는 낭만성의 세계에 대해 어떤 편견이나 왜곡 없는 드러냄이다. 그의 시의 낭만성을 단순히 억지부려서 쓴 시로 간주하기에는 시적 완성도와 의미가 일정한 수준을 유지한다는 점에서 문제의 소지가 있는 발언이라고 할 수 있다.

2. 관절冠絶의 겨냥과 절대의 리릭

공중인의 시가 지니는 낭만성의 근원에는 '시인'이 있다. 하나의 문학장이 탄생하기 위해서는 우주(자연)라든가, 작가와 독자 그리고 작품이 전제되어야 한다. 에이브람즈의 논리대로라면 가장 이상적인 문학은 이 각각의 조건들이 균등하게 작용할 때이지만 현실은 그렇지 않으며, 오히려 이 각각의 조건들 중에서 어느 것을 강조하느냐에 따라 문학의 다양한 의미 분화가 이루어졌다고 볼 수 있다. 이런 맥락에서 볼 때 그의 시는 작가에 초점을 두고 해명하는 것이 보다 풍부한 의미를 도출해 낼 수 있는 방법이라고 할 수 있다. 일반적으로 낭만성은 작가의 내면이나 취향의 문제와 긴밀하게 연결되어 있기 때문이다. 흔히 시의 낭만성을 이야기할 때 언급되는 '스스로 흘러넘치는 힘찬 정감'이라는 워즈워드식의 규정은 문학장에서 그 어떤 조건들보다도 시인이 중요하다는 것을 말해 주는 좋은 예이다.

그의 시가 지니는 낭만성은 어느 한두 작품에 국한된 것이 아니라 그의 시 전반에 걸쳐 나타나는 한 현상이다. 이 사실은 그의 시의 낭만성이 단순한 기교나 기법의 차원을 넘어 그의 의식 저변을 지배하는 힘의 원리라는 것을 의미한다. 낭만성이 의식의 과정을 거쳐 이념이나 사상으로 이어질 수 있는 가능성과 개연성을 내재하게 되는 이 지점이야말로 그의 시의 미적 견고함과 의미의 깊이를 가늠하는 척도에 다름 아니다. 시인의 내면화된 감정이 어떤 외적 대상을 향해 어떻게 표출되느냐에 따라 이 견고함과 깊이는 결정되며, 그의 시에서 이 문제는 세심하게 들여다볼 필요가 있다. 그의 내면화된 감정이 겨냥하고 있는 대상과 그 방식이 다른 낭만성을 드러내는 시와 유사하거나 공통된 점도 있지만 그렇지 않은 점도 있기 때문에 세심한 읽기가 필요한 것이다.

그의 시의 낭만성은 이미 등단작인 「바다」(《백민》, 1949년 3월호)에서 강하게 드러난다,

바다,
수정빛 아름 움켜서
꽃피는 순간을 휘어잡고!

물결에서 물결로 여릿여릿 빛을 놓아
흘러라, 흘러라……

바람마다 너를 부여잡고
노래의 기념記念이 예와 다름없는 너의 가슴,
하늘 떠받고 능라綾羅의 제전祭典의 불처럼 서라!

머얼리 넨들, 낸들, 해연海燕의 푸른 꿈을
저마다 휘젓고 흔들지니

바다,

너를 구르며 종일토록 울리리라

───「바다」 부분 인용

　시적 자아의 내면이 겨냥하고 있는 대상은 '바다'이
다. 시적 자아와 대상 사이의 관계에서 우리가 주의깊게
살펴야 하는 것은 이 둘 사이의 감정적인 거리이다. 시
적 자아가 바다와 같은 객관적 상관물을 통해 자신의 감
정을 드러내는 것은 시의 일반화된 원리이지만 시적 대
상에 대한 시적 자아의 감정 이입이나 투사의 정도는 다
를 수 있다. 만일 시적 자아가 바다를 감정의 대위법에
입각해 드러낼 경우 그 감정은 흘러넘치지 않고 절제된
양태를 보여 줄 것이다. 이에 반해 시적 자아가 바다를
이러한 장치 없이 직접적으로 드러낸다면 그 감정은 자
연스럽게 흘러넘치게 될 것이다. 이 시에서 보여 주고
있는 감정의 원리는 전자보다는 후자에 가깝다고 할 수
있다. 이 시의 시적 자아는 시적 대상인 바다를 통해 자
신의 내면의 감정을 여과없이 투사하고 있을 뿐만 아니
라 행동이나 의미까지 표출하고 있다.

　시적 자아는 바다를 어떤 때는 '움키'고 '휘어잡'거나
'부여잡'기도 하고 또 어떤 때는 '휘젓고 흔들'다가 '구
르'고 '울리'기까지 한다. 시적 자아에게 바다는 온갖 욕
구와 욕망의 표출 대상인 동시에 '흘러라'와 '서라'에서
알 수 있듯이 그것은 자신이 마음대로 명령하고 통제할

수 있는 대상인 것이다. 시적 대상인 바다에 대한 이러한 태도는 시적 자아의 감정의 들끓는 상태를 반영한다고 볼 수 있다. 시적 대상을 통한 시적 자아의 들끓는 감정의 표출과 반영은 정도의 차이는 있지만 그의 시를 관통하는 하나의 흐름이며, 그것이 강렬한 경우에는 자기 무화나 소멸에까지 이르게 된다. 가령,

> 불붙는 아세아, 언제면 염원의 그날을 피어 주리니
> 너를 사랑하며, 열렬히 네 마음속에 흩어져
> 차라리 이슬의
> 한 방울이 되어도 나는 좋아라
> 모란이여, 모란이여
> ──「모란꽃」부분 인용

를 보면 시적 자아의 '모란'을 향한 감정의 흐름 내지 투사를 읽어 낼 수 있다. 모란에 대한 시적 자아의 태도는 '이슬 한 방울'을 통해 알 수 있듯이 대상 속으로 온몸을 투사하는 순정한 투신에 다름 아니다. 순정한 투신의 결과물이 이슬 한 방울이 되어도 자신은 좋다는 시적 자아의 태도는 시인의 낭만성 혹은 낭만주의가 겨냥하고 있는 궁극적인 이념이라고 할 수 있다. 자기 소멸이나 자기 무화에 가까운 시적 자아의 태도는 시적 대상인 모란에서 촉발된 것일 수도 있고 또 그와 반대로 시적 자아로부터 촉발된 것일 수도 있다. 하지만 어느 쪽에서 촉

발된 것이든 여기에서 중요한 것은 시적 자아와 시적 대상 사이의 감정의 흐름 혹은 감정의 투사 정도이다.

「모란꽃」의 경우는 누가 보아도 그것은 대상에 대한 시적 자아의 극에 달한 감정의 상태라고 할 수 있을 것이다. 시적 자아의 자기 소멸이나 무화는 극에 달한 감정의 상태 없이는 불가능하다. 감정이 극에 달하면 자기 파멸로 이어질 수도 있지만 이것의 위험성으로부터 벗어나기 위해서는 감정의 자기 고양이 전제되어야 한다. 온전한 감정의 자기 고양은 이슬 한 방울의 순정함으로 드러나야 하는 것이 마땅하다. 자기 고양이 자기 파멸이 아닌 순정한 자기 소멸이나 자기 무화로 이어지기 위해서는 자기 자신에 대한 신뢰와 애정이 있어야 하리리고 본다. 만일 시적 자아가 자기 자신을 불신하거나 모멸이나 환멸의 감정을 지니고 있다면 순정한 자기 소멸이나 자기 무화는 이루어질 수 없을 것이다. 자기 모멸이나 자기 환멸의 끝에는 무엇이 오는가에 대해서는 시인과 동시대를 살아 낸 손창섭이나 장용학의 소설이 잘 포착하여 그려 내고 있다.

그러나 이들과는 달리 공중인은 자기 환멸이 아닌 자기 자신에 대한 신뢰와 애정에 근거한 자기 고양을 위해 적극적인 모색을 단행한 그런 시인이다. 그의 이러한 모습을 잘 보여 주는 시어가 바로 '관절冠絶'이다. 다소 낯설어 보이는 이 시어는 '가장 뛰어나다'라는 의미를 지닌다. 그는 이 말을 자주 사용하면서 자기 고양을 위한 의지를 강하게 표출한다. 그가 '님아, 나의 노래를 비김 없이 관절冠絶케 하여 다오'(「백조白鳥의 노래 - 키이츠의 시혼詩魂에」)라고 했을 때 여기에는 나의 노래에 대한 희구 못지않게 자기 자신의 노래에 대한 강한 신뢰와 애정이 내재해 있는 것으로 볼 수 있다. 자신이 다른 그 무엇보다 가장 뛰어나고 싶어 하는 시인의 욕구와 욕망은 단순한 감정의 솟구침만은 아니며, 그 이면에는 삶과 생명에 대한 강한 실존이 은폐되어 있는 것이다. 관절이라는 시어를 실존의 의미로 읽어 내는 것이 어느 특정한 사례에 국한된 것이 아니라 그의 시의 한 맥락을 이루고 있는 보편적인 현상임을 알아야 한다.

관절이 은폐하고 있는 이러한 의미를 시인이 놓인 실존의 절박한 상황에서 비롯된 것이라고 한다면 지나친 상상일까? 시인이 처한 상황의 절박함을 그 당시 실존의 고통을 감내하면서 살아 낸 사람들은 이해할 수 있을 것이다. 1950년대라는 상황 속에서 실존하기 위해서는 자기 최면이나 자가 발전 같은 것이 필요할 수밖에 없으며, 이 과정에서 시인이 발견한 방법이 바로 관절이다. 그런데 자신의 실존으로서의 관절은 나 혹은 개인을 넘어 타자 혹은 집단으로 확대되기에 이른다. 이것은 자신의 삶을 유지하고 생명을 보존하기 위해서는 자신을 넘어 국가나 민족과 같은 존재에 대한 인식이 필요하다는 사실을 자각하게 된 데서 나타난 자연스러운 결과라고 할 수 있다. 시인이,

골고루 돌리자! 수력水力과 불의 협주協奏된 원동력

흙내 자욱한 삼천리 노래 속에 금빛 지도록!

일출 동해, 희망의 밧줄 당기며, 당기며

너와 나의 으르대는 푸른 꿈, 종아 울려라

그대 위해 다시 아까울 리 없는 이 겨레,

대대 이어 영영 불변함이니

천추에 길이 빛날 어머니의 나라,

세계에 관절冠絕하라 대한민국

—「대한민국-머언 자손들에게」부분 인용

이라고 할 때 또,

압박과 굴욕 독재와 유린을 휘몰아

주저없는 확신, 이제야말로

결정하고 현현顯現하고 충천沖天하여 마땅함이니

동방 바다의 불사족不死族, 한량없는 영광을 가슴에

유구히 푸른 슬기 하늘 나래친 우아優雅의 단일單一로

백열의 계승이어, 세계에 관절冠絕하라

—「기미己未 피의 항쟁」부분 인용

라고 할 때 여기에는 모두 자신의 실존을 위한 확장된
의미로써의 국가와 민족이 자리하고 있다. 시인이 가장
뛰어나야 한다(관절)고 인식하는 대상이 자신을 넘어
국가나 민족을 향할 때 그의 시의 낭만성은 일정한 변

주의 과정을 밟게 된다. 시인 자신의 감정이 어떤 대상을 향해 투사될 때 그것이 국가와 민족을 전제한다면 그 감정은 이념이나 이데올로기의 속성을 강하게 띨 수밖에 없다. 시인의 감정이 이념이나 이데올로기 생성의 힘으로 작동하는 경우 그것이 흘러넘치게 되면 시는 죽고 이념이나 이데올로기만 생경하게 전경화되는 위험성이 발생할 수 있다. 그의 시에 이러한 위험성이 내재해 있는 것이 사실이며, 주로 '기념비' 시편들 중 관제적인 의미가 강한 시에 그것이 집중되어 있다. 관제적인 의미가 강한 시는 대부분 국가나 민족에 대한 숭고함이나 고양된 미적 이미지가 결핍되어 있거나 부재한 것이 사실이다. 하지만 그의 시는 이러한 위험성 못지않게 그것을 넘어서는 어떤 가능성도 내재해 있다.

3. 신라에의 동경과 숭고의 부활

공중인 시의 낭만성이 자기 파멸이나 극단적인 이념의 도그마로 흐르지 않고 하나의 미감을 획득할 수 있었던 데에는 낭만성 혹은 낭만주의의 중요한 속성인 동경 대상의 특별함 때문이라고 해도 과언이 아니다. 개인의 낭만성을 넘어 국가와 민족과 같은 보다 큰 차원의 낭만성으로 나아갈 때 가장 주의해야 할 점 중의 하나가 바로 내셔널리즘으로 표상되는 이념의 도그마이다. 개인에 비해 국가와 민족은 시인에게 절대적인 크기로 다가올 수 있으며, 이로 인해 숭고와 같은 감정이 발생할 수도 있지만, 그것이 지나치면 파시즘과 같은 극단화된 감정을 발생시킬 수도 있다. 국가와 민족 지향의 이러한 낭만성이 지니는 위태로움과 위험성을 그는 '신라'라는 고도古都의 시공적인 대상을 통해 넘어서고 있다. 그가 시적 대상으로 삼은 경주는 일단 천년 동안 이어진 고도라는 점에서 절대성을 띤다. 이것은 시적 대상인 경주가 절대적인 크기와 맞닥뜨렸을 때 발생하는 숭고의 감정과 깊은 연관성이 있다는 것을 의미한다.

시인의 경주에 대한 의식의 지향은 일종의 동경일 수 있다. 낭만주의의 이념이 이상적인 세계나 대상에 대한 동경에 있다는 점을 고려한다면 경주는 이 조건을 충족할 수 있는 많은 여지를 지니고 있는 도시이다. 경주가 천년을 이어온 신라의 수도라는 사실은 이 도시가 물질적으로 또 정신적으로 풍요롭고 견고한 이상화된 동경의 대상이라는 것을 말해 준다. 경주에 대한 시인의 동경은 그가 처한 상황에서는 보다 절실할 수밖에 없는 그 무엇일 수 있다. 전쟁으로 인해 모든 것이 파괴되고 황폐해진 50년대 상황에서 천년의 풍요와 견고함을 누린 신라와 그 수도인 경주가 시인에게 동경의 대상이 된 것은 이상하거나 예상 밖의 일은 아니라고 본다. 전란으로 모든 것이 파괴된 상황에서 천년을 이어온 유구한 역사의 시간성은 감히 엄두를 낼 수 없는 절대적인 크기로 존재하면서 시인을 압도하고 그를 불쾌하게 함으로써 숭고미를 불러일으키기에 이른다.

경주가 지니는 시간성에 대한 시인의 민감한 자의식을 가장 잘 보여 주고 있는 시편이 '불국사'이다. 이 '불국사' 시편들은 하나같이 유구하고 영원한 시간 속에서 존재성을 드러내고 있는 유형·무형의 정서와 사물에 대한 상상과 표현으로 가득 차 있다. 신라 혹은 경주가 표상하는 천년이라는 시간성은 이미 그 역사적인 존재 자체만으로도 숭고의 대상이 되지만 그가 시 속에서 보여 주고 있는 것은 그것을 훨씬 초월하고 있다. 그는 신라와 경주에 존재하는 유무형의 정서와 사물들의 근본적인 연원을 제시함으로써 천년 이상의 유구하고 영원한 시간을 불러내 보여 주고 있다. 유구하고 영원한 시공성으로 드러나는 경주에 대한 그의 민감한 자의식은 자신이 처해 있는 '지금, 여기'의 상황이 불연속적이고 파괴적일수록 더욱 강렬하게 드러날 것이다. 우리가 「불국사」를 읽어 가면서 발견하게 되는 시간 혹은 시간성과 관련된 시어 속에는 이러한 시인의 의도가 은폐되어 있는 것이다. 시인이 「불국사」에서,

지광地光에 나풀거리는 억천億千 이야기는
만당滿堂에 어리어, 외치며 눈물져 달려온
경주 불국사!
내 길이 맺은 사랑을 더불어
한결같은 작열灼熱의 축제
여기 움켜 마음 녹아 부서지도다

227

관능의 구슬 짓는 그대 오후의 난무亂舞여!

'부영루浮影褸' 울렁이는 너의 피앙세!

첩첩 염주에 임 그려 떠오르는

영롱한 광영의 석탑이어

'다보多寶야', 임과 피고 질 영원의 문이 열리누나!

약수藥水 구을리는 달빛 아름 떠다 '월화月華' 뇨뇨히

듣는 비파, 재빨리 독경讀經도 저버려 일만년

석가釋迦 황홀히 석중石中에 늙어졌음에라

… (중략)…

시내쳐 감도는 내 가슴에 천년을 깃들여 구원久遠하렴아!

불국의 전능한'부처'인들

너와 다름이야 있으랴!

내 죽기로서 저리도 열렬히

목메어 부서진 에밀레처럼

신라를 울어 헤어져 가리니,

화정花精은 길이 이 노래 천추에

하늘 적시게 하라, 하늘 흔들게 하라

　　　　　　　　　—「불국사」부분 인용

라고 했을 때 '억천', '영원', '일만년', '천년', '천추' 등과
같은 시어의 반복적인 출몰은 시인의 시간성에 대한 강
박 충동을 반영한다. 시간성을 드러내는 이 시어들은 시
속에서 홀로 존재하지 않고 '하늘', '지광', '만당', '문',
'새벽' 등과 같은 공간성을 드러내는 시어들과 어울려

보다 구체적인 시공성을 환기한다. 시간과 공간을 드러내는 시어들이 크고 높고 넓은 의미역을 거느리고 있다는 점에서 이들이 어울려 궁극적으로 표상하려고 하는 대상인 '불국사'는 절대적인 크기로서 존재하게 된다. 절대적인 크기로 존재하는 불국사는 시인에게 동경의 대상이면서 동시에 경외의 대상으로 존재 자체가 너무나 크기 때문에 처음 이 대상과 맞닥뜨렸을 때에는 두려움과 같은 불쾌감을 느끼게 되지만 차츰 자신이 그 안에 투신의 형태로 놓여져 있다는 것을 깨닫게 되면서 불쾌감은 쾌감으로 바뀌게 된다.

시인에게 불국사는 그런 숭배의 대상이며, 이것은 곧 경주 혹은 신라에 대한 숭배의 제유로 해석할 수 있다. 시인의 시적 대상에 대한 숭고한 감정의 표상은 불국사를 넘어 '에밀레종', '석굴암', '낙산사' 등으로 이어진다. 에밀레종이 시인의 주목을 받은 데에는 그 종소리에 깃든 숭고함 때문이다. 에밀레의 소리는 그냥 소리가 아니라 신라의 국운이 깃든 소리인 것이다. 시인은 '화랑'에 자신의 감정을 투사하여 에밀레종의 소리를 '기울어가는 나라'를 안타까워해 화랑이 '가슴 찢어 외친 것' 혹은 '얼을 모아 녹인 것'(「에밀레종-작품 최후의 삽곡揷曲」)으로 해석하고 있다. 화랑의 가슴과 얼을 찢고 녹여 만든 종이 내는 소리는 그것이 생명과 맞바꾼 소리라는 점에서 숭고할 수밖에 없다. 종이 단순히 쇠를 녹여 만든 것이 아니라 가슴과 얼이라는 인간의 생명으로 이루어진 것이라는 데에 우리는 그 타종의 높은 경지에 경외감을 가지게 된다. 이 살신성인의 경지는 인간이 쉽게 다다를 수 없는 높이를 지닌다고 할 수 있다.

에밀레종의 이러한 은폐된 사실을 알게 되는 순간 처음에는 희생의 절대적인 크기에 두려움(불쾌감)을 느끼지만 차츰 그것이 이타성에 기반한 행위라는 것이 드러나면 두려움은 안도감과 행복감으로 바뀌게 된다. 시 속에 화랑이 처한 상황과 시인이 처한 상황이 나라가 기울어간다는 점에서 다르지 않기 때문에 화랑 혹은 에밀레종에 대한 감정이입은 자연스러울 수밖에 없다. 「에밀레종」이 소리의 숭고함에 초점을 맞췄다면 「석굴암」은 '고요'와 '빛'에 초점을 맞췄다고 할 수 있다. 에밀레종 소리가 안에서 밖으로 퍼져나가는 속성을 지니고 있다면 석굴암의 고요와 빛은 밖에서 안으로 잠기고 어리는 속성을 지니고 있다. 시인이 석굴암을,

> 하늘은 바다에 잠겨, 고요는 '토함'을 휘덮어
> 임은 우리 종 속에 하늘과 함께 어리었소!
> 누억만년, 초연히 임 호올로
> 영원의 빛을 마시며 살고 있소!
> ──「석굴암」 부분 인용

라고 노래한 것을 보면 그러한 속성이 어느 정도인지를 잘 알 수 있다. 시적 대상인 석굴암의 고요와 빛은 시간

과 공간의 절묘한 흐름을 드러내는 질료로 존재한다. 석굴암에 어리고 깃든 이러한 흐름은 그것이 '하늘', '바다', '산(토함)'과 같은 자연과 함께 이루어지고 있다는 점에서 시간과 공간의 의미를 극대화하고 있다. 자연과 한 흐름 속에 있는 석굴암은 시간과 공간의 차원에서 '누억만 년'의 생명성을 지니게 된다. 하나의 돌덩어리가 아닌 거대한 자연의 흐름으로 살아 숨 쉬는 생명체로 존재하는 석굴암은 시인에게 경외의 대상이면서 동시에 숭고의 대상이 되는 것이다. 우리가 석굴암을 마주했을 때 자신도 모르게 느껴지는 신비하고 경건한 감정은 자연이 행사하는 절대적인 크기 때문이라고 할 수 있다. 석굴암이 드러내고 있는 이 고요와 빛의 생명성은 시인으로 하여금 전란으로 인해 파괴되고 상처받은 심신을 달래고 어루만지는 치유의 대상으로 손색이 없어 보인다.

「석굴암」에서 고요와 빛으로 표상되는 그의 시의 숭고미는 「동해 낙산사」에 와서는 또 다른 변주를 보여 준다. 이 시의 시적 대상인 '낙산사'는 석굴암의 어리고 깃든 감정과는 달리 밖으로 열리고 분출하는 감정을 드러낸다. '마음은 우람한 백파白波처럼 뒹굴며, 부서지며, 이 밤 지내도록 월명月明을 띄우는 동해 낙산사'에서 우리가 읽어 낼 수 있는 것은 어떤 대상을 향해 쉼 없이 흐르는 시인의 낭만적인 정서이다. 이것은 '백파'와 '월명'을 통해 잘 드러나지만 그 감각과 의미의 강도를 높이는 것은 '바다'와 '밤'이라고 할 수 있다. 바다와 밤이 백파와 월명의 시공간적인 토대로 작동하면서 여기에서 생성되는 감각과 의미는 절대적인 크기를 지니게 된다. 바다와 밤은 물리적으로 헤아릴 수 없을 정도로 크다는 점에서 절대성을 띤다. 그런데 이 질료들의 절대적인 크기는 낙산사로 수렴된다. 시인이 낙산사를 시적 대상으로 동경하고 갈망하는 데에는 현실의 시공을 뛰어넘고 싶은 욕망이 개입되었기 때문이다.

시인이 불국사 시편에서 보여 준 경주 혹은 신라에의 동경은 밝고 찬란한 관절의 역사와 민족의 모습을 겨냥하고 있다. 그의 경주에 대한 동경은 강렬하다. 이 강렬함은 숭고함을 반영하지만 그것이 이념적인 도그마로 떨어질 위험성이 없는 것은 아니다. 그가 이렇게 위험성을 감수하면서까지 경주 혹은 신라에 대한 강렬한 동경을 표출하는 데에는 그곳과 대척점에 있는 '지금, 여기'의 현실에 대한 역설적인 반영 욕구와 무관하지 않다. 그의 경주에의 동경이 현실도피적인 차원으로만 해석되지 않는 이유가 바로 여기에 있다. 현실적으로 그가 처해 있는 곳이 천년 동안의 풍요로움과 안정을 구가한 경주가 될 수는 없다. 하지만 낙산사에 대한 동경을 통해 알 수 있듯이 마음의 세계에서는 그것이 가능할 수도 있다. 어쩌면 그에게 경주는 불국사, 석굴암, 낙산사를 매개로 하여 드러나는 마음의 현현인지도 모른다.

4. 귀거래歸去來와 시의 지평

공중인의 시를 읽어 내면서 마지막에 든 의문은 시인의 '귀거래'에 관한 것이다. 이 의문이 다소 뜬금없는 것일 수 있지만 그의 시를 읽고 난 후 찾아온 어떤 절박함 같은 것만은 틀림없다. 그가 겨냥하고 있는 시의 세계에 대해서는 구구절절이 이야기한 바 있지만 그가 돌아가고 싶은 세계에 대해서는 이야기한 바가 없다. 어찌 보면 그게 그것 같지만 둘의 의미를 찬찬히 따져 보면 차이가 있음을 알 수 있다. 전자(겨냥하고 있는 시의 세계)가 시 쓰기의 과정을 많이 함의하고 있다면 후자(귀거래)는 시 쓰기의 결과를 많이 함의하고 있다고 할 수 있다. 흔히 우리에게 잘 알려진 도연명의 「귀거래사」가 관직을 그만두고 향리로 돌아와 자신의 그간의 삶을 반성하는 작품이라는 사실을 상기한다면 이러한 해석에 큰 오류는 없으리라고 본다. 하지만 그의 귀거래는 저간의 삶에 대한 반성이 없는 것은 아니지만 오히려 이것보다 그가 강조하고 있는 것은 그동안 추구해온 자신의 이념이나 의지에 대한 각오라고 할 수 있다.

시인은 '죽음보다 두려운 노래의 샘이 마르기 전에 나는 돌아가야겠다'고 하면서 그 돌아감이 어떤 것인지를 다음과 같이 밝히고 있다.

몇 번이나 눈물겨운 피의 신음 첩첩.
가슴 막히는 소용돌이의 고단한 오늘은

그 언제면 필연히 쓰러지고야 말리니.

씨를 뿌려 가꾸며 걷어 들이는 우리의 나날

너와 나는 별을 헤아리며, 별처럼 위치하고

이슬진 하늘에 다가오는 새벽의 보랏빛 그리움!

사람답게 일어서, 서로 홍익하고, 살고지고,

여기서 나고, 자라, 노래하며 죽어가는 숙명을

나는 원망하지는 않으리라

한량없는 해동海東의 옛꿈, 신시神市를 베푼

그 훈훈한, 그 전아한, 그 풍부한

한국의 유원悠遠한 정서를 나는 이제야

충실히 노래하며 열렬히 돌아가야겠다

갈잎 흔드는 바람의 목메임은 나의 노래에

흙의 슬기로운 의미를 소리하나니

　　　　　　　　　──「귀거래사歸去來辭」부분 인용

　시인은 자신의 귀거래가 '한국의 유원한 정서'에 있음
을 고백하고 있다. 이 정서란 경주와 신라에 대한 동경
과 경외에서 비롯되는 숭고의 감정과 다르지 않은 것으
로 시인은 이러한 정서의 연원을 멀리 고조선으로까지
확장하고 있다. '홍익', '해동', '신시' 등이 표상하고 있
는 고조선의 이념을 시인은 '한국의 유원한 정서'로 이

해하고 있는 것이다. 한국의 이 심원하고 아득한 정서는 근대 이후 급격하게 우리가 망각한 정서라고 할 수 있다. 우리 민족의 근원적인 의식과 원시반본의 영성이 깃들어 있는 고조선의 저 유원한 세계로 돌아가려는 것이 바로 시인이 겨냥하고 있는 진정한 의미의 '귀거래'인 것이다. 그가 겨냥하고 있는 이 사상과 정서는 경주와 신라로 대표되는 우리 민족의 찬란한 융성의 시기에 풍류도라는 사상으로 부활한다는 점에서 유구한 역사적 뿌리와 흐름을 지닌다고 볼 수 있다.

시인은 이렇게 지금은 망각되고 소멸의 길에 들어선 우리 민족의 사상과 정서 속으로 '충실히' 혹은 '열렬히' 돌아가려고 한다. 시인의 귀거래는 그의 이념적인 의지의 표상으로 볼 수 있다는 점에서 내셔널리즘의 위험성이 늘 존재한다. 이것은 저간의 우리 시사를 되돌아보면 누구나 알 수 있는 것이다. 그의 귀거래가 하나의 도그마로 떨어지지 않고 시적 생명을 담보하기 위해서는 그것에 대한 미적인 성찰과 반성이 있어야 한다. 우리는 그것의 일단을 '갈잎 흔드는 바람의 목메임은 나의 노래에/ 흙의 슬기로운 의미를 소리하나니'에서 발견할 수 있다. 자신의 노래가 '갈잎 흔드는 바람의 목메임'이나 '흙의 슬기로운 의미'로 귀거래되기를 희구하는 그의 바람이야말로 이념의 도그마로부터 시를 구원하는 진정한 시인의 태도라고 할 수 있다. 그의 시에서 우리가 읽어 내야 할 것이 바로 이러한 세계이며, 1950년대 전란으로 인한 실존적인 위기 상황에서 시인 개인의 낭만을 넘어 국가와 민족 차원의 낭만으로 시적 지평을 확장해 온 그의 시를 새롭게 발견하는 데에도 이것은 또한 일정한 계기를 제공해 주리라고 본다. 그가 겨냥한 실존적 낭만과 관절의 사상 이면에 은폐된 갈잎 흔드는 바람의 목메임이나 흙의 슬기로움과 같은 유원한 감성과 정서의 발견은 그동안 소외되고 배제되어 온 그의 시의 존재 지평을 새롭게 열어 보일 것이다.

공중인(孔仲仁, 1925~1965) 시인 연보

1925 함경남도 이원군 동면 고암리에서 한의사 공승일 2남1
      녀 가운데 차남으로 출생.

1944 함경북도 청진시 경성고보 졸업.
      동기생으로 영화감독 신상옥·시인 김규동 등이 있음.

1946 월남하여 김윤성·정한모·조남사·전광용 등과 '시
      탑' 동인으로 시를 발표.

1949 《백민》에 「바다」, 「오월송」 등을 발표하면서 본격적으
      로 작품 활동을 함.

1949 종합잡지 《신세기》 편집기자

1950 〈한국문화연구소〉에서 최태응과 함께 《별》 편집.

1951 육군사관학교 교가 작사.(작곡자: 김순애)

1953 「최후의 무지개」(《자유세계》1953.6) 발표.
      동년 6월 최금선과 결혼.

1954 장남 명화 출생

1955 편저 『전시한국문학시편』(1955.6)
      『세계여류시인집』 발간.

1957 첫시집 『무지개』(삼천리사) 발간.
      작품 「나무」(《자유문학》1957.11), 「유랑」(1957.12) 등
      발표.

1958 시집 『조국』 발간.
      「영곡」(1958.5), 「조국의 음악」(《현대문학》1958.6)
      「백자부」(《자유문학》1958.11)

1959 차남 명재 출생.

1962 역서 『알쏭달쏭』(휘문출판사) 발간.

1950 ~1965	《희망》,《현대여성》,《여성계》등의 편집장을 역임하였고, 또한《자유신문》,《삼천리》등의 주간을 지냈다.
1965	서울 명동성모병원에서 '루까'로 가톨릭 대세를 받고 소천.

공중인 시전집

무지개

초판 1 쇄 2015 년 9 월 20 일

지은이 · 공중인
펴낸이 · 김종해

펴낸곳 · 문학세계사
출판등록 · 제 21-108 호 (1979.5.16)
주소 · 서울시 마포구 신수로 59-1(121-856)
대표전화 ·02-702-1800, 팩시밀리 ·02-702-0084
이메일 mail@msp21.co.kr
홈페이지 www.msp21.co.kr
트위터 @munse_books
페이스북 https://www.facebook.com/munsebooks

값 15,000원
ISBN 978-89-7075- 639-4 03810